엄마 반가사유상

손종수
시집

엄마 반가사유상

손종수
시집

도서
출판 북인

시인의 말

언제였나. 동문 시인의 첫 시집 출판기념 행사에서 하동 평사리문학관 최영욱 관장이 축사 도중 느닷없이 "야, 이것들아! 엄마 좀 그만 팔아먹어"라고 해서 뜨끔, 했다. 이런, 독심술이라도 하시나?

그런데 내가 써온 거의 모든 글의 세계관, 동력이 '엄마'로부터 비롯된 것인데 어쩌란 말인가. 첫 시집보다 오히려 두 번째 시집에, 엄마에 대한 회고가 더 많다. 첫 시집의 어설픈 의지로는 감당하기 어려웠던 거친 감정들이 2년여 시간의 탁마를 거치면서 비로소 내보일 수 있을 만큼 정제됐기 때문이다.

그리고 오래 생각했다. 이제 진짜로 놓아드려야 할까보다. 아, 현학을 모두 버릴 수는 없었지만 쉽게 쓰려고 애썼다.

우습지만 어쩐지 키가 조금은 더 자란 느낌이다.

2019년 7월

차례

1부

운집雲集

사람들이 구름처럼 모여들었다
오가며 눈빛 마주칠 때마다 열렬히
두 손 움켜쥐고 부둥켜안는다

우리, 이렇게 뜨거운 사람들이었나?

잔치가 파하기 전 막차를 탔는데
집으로 돌아오는 골목길은
바람 한 점 없이도 스산했다

아, 모두 외로웠구나

소설

어제 하루는 갓 잡아 올린 흑돔 같았지 뭐야

시흥 한밭 찍고 사당역으로 돌아올 때까지 동행한 눈보라 비바람 속에 도심은 영문도 모른 채 바다가 되고 사람들은 섬처럼 떠다니고 있었어

미늘에 꿰인 시간들 펄떡거릴 때마다 몰락한 왕국의 유물 같은 날비린내 자욱하게 울려 퍼지고 뭍으로 올라온 테트라포드 들숨과 날숨 사이로 뜨거운 꽃잎 마구 흩날렸지

집으로 돌아와 꼭꼭 숨어 있던 보름달 먹어치우고 익숙하게 삼킨 소망의 캡슐 속에서 잠이 들 때 밤새 검은 지느러미 같은 겨울의 평화를 노래했어

폭설의 집 다락방에서 열어본 서랍 속에는 낡은 메리 고라운드 오르골이 은은한 목소리로 노래하며 천천히 돌고 있었지

울지 말아요 그대, 두 뺨에 흐르는 눈물 닦아주려 했을 때 찬란한 빛 쏟아지고 텅 빈 방안에 홀로 누워 있었네

그러고보니 소설 같은, 소설小雪이야

통영에서, 미완의 위로

주홍의 금빛으로 타오르는 서녘 구름들 불콰한 얼굴로 흩어져 유유자적 산책 중이고 먼 산등성이 줄지어 선 나무들 우듬지마다 시월의 연금술이 한창입니다

각양각색 울긋불긋 단풍든 크고 작은 배들 새색시마냥 다소곳하게 부두에 정박하고 바람무늬 잔근육으로 물결 밀어오는 바다는 취한 하늘을 정신없이 필사하고 있었죠

이태리의 작은 섬마을 칼라 디 소토의 순박한 청년을 생각했습니다

아버지의 서글픈 그물을 끌어올릴 때 배를 가득 채운 풍어의 노래보다 교회당 종소리가 더 환하게 울려 퍼지고 그 순간 입가에 걸린 작은 웃음은 바람의 깃발처럼 부드럽게 나부꼈더랬지요

만취한 해가 술렁이는 빛들을 이끌고 산 너머 침실로 사라집니다

낡은 식탁에 머리를 눕힌 어부의 시름처럼 밤의 미간 깊

어지고 부두의 선술집 불빛 하나, 둘 꺼지면 검은 비단의
천공에서 황홀한 탄식 쏟아지겠지요

    리슬링 한 잔에 애써 취하려는 당신을
    이 밤의 무엇으로 위로할까 생각하다가
    노곤한 하루, 귀항의 뱃고동처럼 평화로운 잠이여
    완성되지 않아 영원한 위로여
    그 머리맡에 깃들라, 기도합니다

춘천, 거울집
— 지나친 사실주의 시인의 풍경

　거울 속 검은 의자가 등을 돌리자 거울 앞 하얀 의자가 환한 그늘로 웃었다 나는 네가 아니라고 말했으나 처음부터 너는 나를 듣지 않았다 맞아, 물음표의 표정이 단호할수록 의문이 커지는 법이거든 분절된 나를 보여주는 너는, 둘 또는 거울 속 어딘가에 숨은 여럿의 나다

　13인의아해兒孩가도로로질주하오길은막다른골목이적당하.나 거울의 아해들은 두려움 없이 사방으로 질주했소*

　거울의 충고 ; 육만 명도 넘는다는 시인이 막다른 골목에서 질주하려면 DID** 아닌 강건한 다중인격 창조자가 돼야 한다

＊ 이상의 시 「오감도」 발췌 변용.
＊＊ 해리성정체장애(解離性正體障碍, dissociative identity disorder).

원대리 자작나무숲으로 가자

사는 일 쓸쓸하고 쓸쓸한 사람들은
쓸쓸하다 못해 기어이 허기진 사람들은
원대리 자작나무숲으로 가야 한다
그림자, 그늘에 들어 제 몸을 지우듯이
눈 쌓인 숲 속 한 그루 나무 되어 숨고 숨자

바람마저 고요하게 합장하는 나무마다
온몸에 천 개의 입, 만 개의 눈을 새겨
사방팔방 굽어 살펴 휘파람 닿는 하늘강까지
일제히 솟아오르는 강철의 기지개

사는 일 허기지고 허기진 사람들은
허기지다 못해 기어이 쓸쓸한 사람들은
원대리 자작나무숲으로 가야 한다
강물이 바다로 들어 제 몸을 감추듯이
눈 녹은 숲 속 한 그루 나무 되어 살고 살자

푸른 바람의 춤으로 어루만지는 나무마다
온 마음에 천 개의 말, 만 개의 꿈을 새겨
사방팔방 품어 안고 콧노래 닿는 마을 끝까지
일제히 날아오르는 목숨의 무지개

어울린다는 말

북촌 향한 창덕궁 곁길 따라 걷던 두 눈 사로잡은 풍경
이 걸음마저 멈춰 세웁니다. 균형均衡, 조화調和 같은 한자
들이 뇌리를 횡행하다 슬그머니 사라집니다.

푸르른 하늘 품안에서 모두 자유로운 표정
모처럼 밤비에 얼굴 말갛게 씻은 기와지붕
연두에서 초록으로 한껏 뻗은 나무 기지개
그 사이사이 언뜻언뜻 보이는 새들의 둥지
막 채운 맥주거품처럼 달보드레 부푼 구름
어느 누구 하나 내로라 나서지 않으면서도
참 잘 어울린다는 말이 절로 떠올랐습니다

시시각각

봄볕 같은 포옹 남겨두고 쇳덩이 산천어를 탔어요 태생이 쇠라서 물길 아닌 철길로 다닙니다 회색 철제 담장 너머 씨름선수라도 되고픈지 덩치를 키우고 있는 나주 역사와 그 위로 아득 푸른 호수 가로질러 꼬리를 끌고 서서히 흐려지는 비행운과 젖은 흙의 표정으로 순박하게 엎드린 논과 밭 명지바람에 꽃잎처럼 날리는 눈송이와 연두불길로 타오르는 나무들과 농담濃淡으로 멀고 가까운 산과 들, 그 사이로 굽이쳐 흐르는 강물마저 일제히 사월의 등을 떠밀며 뒤로, 뒤로 달려가고 그는 뒤로, 뒤로 끊임없이 달아나는 시시각각의 얼굴 물끄러미 바라봅니다 불현듯,

어제가 보고 싶어요

자작나무의 꿈
― 베토벤 피아노협주곡 1번 2악장에 부쳐

하늘 가득 먹구름 몰려올 때
알 수 없어 두려운 소망으로
멀리서 바라만 보았어요 그 숲길,

어색하고 부끄러운 눈을 감아요
검고 하얀 선율이 귀를 열어
무릎 끌어안고 웅크린 마음에 닿아요

심장 움켜쥐는 파란의 숨결
날카로운 한숨 소리에
잠들었던 영혼이 소스라쳐요

모든 잎 떠나보내고도 무성한
아쉬움들 희미한 손짓 따라
눈길로, 눈길로 걸어들어가요

바람의 현을 타는 나무들의 합주
고요히 산비탈 두드리는 진눈깨비
숲을 흔들어 깨우는 북소리들

알 수 없는 슬픔 장중하게 감싸올 때
자작나무 가지마다 걸린 꿈
폭설의 이야기 속으로 쏟아집니다

* 피아니스트 유영욱과 밀레니엄심포니 오케스트라(장윤성 지휘)의 〈디어 베토벤〉
연주회를 다녀왔다. 좋은 협연은 팽팽한 긴장의 균형미를 보여주고 뛰어난 협연은
'자유로운 질서'라는 말을 이해시켜준다.

휴일 오후 고속도로 정체의 권태에 대한 변명

터미널에서 버스가 출발하자 번호표대로 앉혀둔 가면들이 가장 자신 있는 표정 하나씩 띄운다

또렷한 오늘은 흐린 어제로부터 조금씩 왜곡돼 전혀 달라진 길이 된 것인지도 몰라 버스는,

알 수 없어 그저 편하게 제 의지라 믿는 목적 부둥켜안고 시간의 소실점 향해 달린다

차창 밖으로 역주행하는 '제한속도는 체념'이라는 표지판은 실상일까 허상일까

오래 달려보니 닿아야 할 곳에는 불온한 기도만 명징할 뿐 희망 따윈 없다는 걸 막연히 안다

기쁨도 슬픔도 노여움도 그 어떤 욕망도 없이 무심한 척 눈 감는 태도는 오래된 버릇이다

예정된 정체停滯의 풍경 벗어나면 안 된다고 요동치는 안락의자에 결박돼 아무짝에도 쓸모없는 생애나 끄적인다

인간으로 태어난 게 죄고 사는 게 벌이오, 수화기 너머 소 같은 시인의 젖은 목소리로 웅웅대는 도로 위의 바퀴, 바퀴들

손전화 필기장 위에 미세먼지들의 난행으로 하나, 둘 발자국 찍던 문장이 성지 순례자 행렬의 그림자로 길게 늘어

진다

　위로가 되고 치유가 될 거라 믿는 아둔함도 굳센 습관이라 이제 아무렇지도 않게 골몰하는 자음과 모음의 노동, 세상의 말 없는 말들 조금씩 옮긴다

　시를 쓰는 일과 우공이산愚公移山, 얼마나 다를까

솔롱고스*의 꿈

가본 적 없지만 무작정 막연히 압니다

양떼구름 긴 그림자 밟는 고원의 신성 너머 아이락처럼
농밀하게 젖어들던 땀이 소금처럼 버석거릴 때까지 걷고
또 걸었으면 좋겠습니다

풀과 물 이름만 다를 뿐 똑같이 푸른 망망대해, 사방이
온통 막막한 초록으로 가득 차오르고 하늘도 산도 온몸으
로 부둥켜안는 곳 지납니다

크고 작은 황금언덕 늘어선 고비의 밤 순정한 인디고블
루의 비단 펼치면 누군가 뿌려놓은 얼음별 찬란하게 흩어
지겠지요

그 어딘가에서 불꽃무늬 델을 입은 여자의 품에 기대어
모링호르와 야탁과 림베의 노래 들으며 풍장 같은 잠이라
도 청할까요

길들지 않는 야생마의 갈기처럼 거칠고 부드러운 바람이
실어나르는 이야기, 이마를 어루만지듯 스치면 절로 알게

됩니다

　화톳불 꺼지고 잠든 낙타의 속눈썹 너머 떠오르는 달의
막막한 그리움, 오래 머무르지 못하는 곳에서는 누구나 유
목민입니다

　게르의 터진 천장 위에서 밤하늘이 통째로 쏟아져 내릴
때 뜨겁게 흐르는 타미르 강의 눈물, 반만 년을 기다려온
안식입니다

* 무지개의 나라.

왼발의 기억

　빛보다 빠른 타키온의 속도로 헤엄쳤다 서울 푸른 언덕
동네 옥탑방에서 프랑크푸르트 하인리히 플레트 스트라세
로 날아간다 독충에 쏘였던 왼발의 붓기가 완전히 빠졌는
데도 여전히 복사뼈 주위에 가려운 기운이 남아 그때의 기
억들을 은은하게 호출한다 이런, 간지러운 시간들은 나르
시시즘 몽롱해지는 눈길 속을 더듬어 멀리, 더 멀리 날아간
다 진화한 이카로스의 날개는 태양을 피해 낮게, 낮게 날아
벌써 그리운 시간들의 사이, 사이를 모두 유영하고 돌아올
것이다

　하이델베르크 성곽 난간에 기댄 시간들 구글 지도 믿고
무작정 걸었던 프랑크푸르트 뢰머 광장 고속열차 창밖을
달리던 황금빛 밀밭 키 작은 나무, 사이프러스, 장난감집
들, 자몽노을의 아비뇽, 아를의 고흐, 레튀아미술관, 원형
극장 마을의 맥주 한 잔 퐁네프 다리, 몽마르트르 언덕이
바라보이는 카페의 카푸치노 오르세미술관 마네의 〈피리
부는 소년〉에 넋을 잃어 약속을 잊고 뒤늦게 달려간 루브
르, 에펠, 파리의 밤거리 자전거를 타지 못해 아쉬웠던 베
르사이유 궁전 무지개 걸린 센 강변의 TGV와 블루라군 심
지어 만원 전철에서 휴대폰 노리다 팔목을 잡힌 소매치기

의 당황한 표정까지, 제멋대로 뒤섞여 차례도 없이 컬러풀
하게 뇌리를 스쳐 달려간다

　어떤 장애는 눈에 보이지 않는다 짐 쉐리단, 다니엘 데이
루이스의 〈나의 왼발〉이 생각난 건 순전히 왼발의 가려움
때문이지만 떠오른 생각은 그게 무슨 상관이냐는 듯 관념
의 돛을 올리고 전혀 다른 색깔의 바다로 항해한다

　낯선 곳에서 길을 잃은 행복한 여행자, 나는 아직 돌아오
지 않았다

몽마르트르 편지

　몽마르트르 공원 벤치에 앉아 있어요 한여름인데 서늘한 갈바람이 불어옵니다 어디선가 낮고 굵은 목소리의 샹송이 흘러오고 사방에서 비둘기들이 날아오릅니다 공원 한 옆의 회전목마에는 아직 손님이, 아! 방금 금빛 물결 출렁거리는 곱슬머리 소녀가 올라갔네요 한 무리의 소년들이 지나갑니다 척 보기에도 세계 여러 나라에서 온 것으로 보이는 사람들이 휴대폰을 치켜들고 계단 위의 사랑하는 사람을, 그 위의 성당을, 더 위의 파아란 하늘과 아이스크림 구름을, 그 사이사이 자유로운 질서로 날아다니는 비둘기를 담습니다 따가운 햇살에 바삭하게 구워진 졸음이 톡톡, 부서져 굴러가요 네, 치즈버거를 하나 먹고 포테이토스틱과 콜라를 마시고 공원 벤치에 앉아 캔맥주를 마시고 있거든요 이대로 숨이 멎어도 괜찮을 거 같다는 생각은, 아마도 행복의 느낌이겠지요?

　문득, 생각의 화판 위로 멀리 두고온 사람들 불러보는 몽마르트르 언덕입니다

느슨하다는 말

단단하게 움켜쥐어야 한다고 배웠습니다
오래, 뼈에 새겨지도록 명심하며 살았죠
울타리 밖으로 밀려나는 절망 속에서 다시 배웁니다
움켜쥐려는 생각을 버려야 무엇이든 쥘 수 있다는 것
뼈에 새기겠다는 마음 잊어야 온전히 새겨진다는 것

팽팽하게 당겼던 시위를 늦춥니다
아니, 활과 살을 내려놓습니다
중요한 건 과녁이 아니라는 걸 알았습니다
느슨하다는 말을 다시 배웁니다
그 뒤에 오는 넉넉하다는 말을 되새깁니다

문명이 사는 곳이라면 어디를 가도 하늘의 생채기마냥
이리저리 얽힌 전선들, 거미집 같은 전신주와 가림막을 망
토처럼 두르고 되돌아올 봄을 꿈꾸는 벽돌집, 끔찍했던 풍
경들이 흐려진 망막으로 애틋하게 들어섭니다

마르크 샤갈, 영혼의 정원에서

어두운 일상의 문을 열고 알 수 없는 두려움과 또 다른 기대로 온통 환한 빛의 통로를 지나 푸르고 붉고 노오란 황홀과 마주합니다

꽉 막힌 것 같았던 사방에서 불현듯 바람이 불어옵니다

바람이 날개를 펼쳐 날아오르면 섞여 있던, 흔들리는 것들과 흔들리지 않는 것들이 서로를 드러냅니다

흔들리는 것들을 가만히 들여다봅니다

풀, 꽃, 나무 익어가는 곡식과 과일들, 물속을 헤엄쳐 다니거나 땅 위에서 움직이는 것들, 하늘 위의 구름까지 모두 제 무게만큼 흔들립니다

푸르고 붉고 노오란 세례가 쏟아지고 그 안에서 본 적 없는 오래 전 상처와 고통이 떠올랐다 서서히 옅어집니다

혼탁한 하늘강에서 썩은 물고기로 떠다니던 폭격기들이 햇살의 비늘처럼 반짝이며 노래하는 새가 되고 마침내 강

과 하늘이, 물고기와 새가 제자리로 돌아갑니다

　폐허의 도시와 주검 위에서 열두 개의 스테인드글라스를 품은 성당과 당나귀와 수탉과 어릿광대와 하늘을 나는 수레와 사자와 염소와 개구리와 연인과 부케가 푸르고 붉고 노오란 환희로 일어섭니다

　흔들리지 않는 것들은 제 안에서 흔들리는 모든 것들을 아우르는 영혼의 정원입니다

　산과 들과 강과 바다와 하늘은 제 안에서 흔들리는 푸르고 붉고 노오란 영혼을 쓰다듬으며 넘치지 않도록 보듬어 안아 다독입니다

　오래 전부터 몸으로만 물들어왔던 것들이 조금씩 마음으로 들어와, 알았으나 몰랐던 것들을 다시 알게 하고 그렇게 마음속에도 흔들리는 것들과 흔들리지 않는 것들의 키가 조금 더 자랍니다

　흔들리는 것들과 흔들리지 않는 것들 그 어디에서나 푸

르고 붉고 노오란 향기 가득한 해거름 되면 다시 자유로운
바람이 일고 그대 눈물보다 찬란한 아리아가 꽃잎처럼 흩
어져 날리겠습니다

감포에서

석탑만 남겨진 감은사지 당나무 앞에 서서
오래도록 한 사람을 생각했습니다

사랑은 무람없이 가고 또 오는 것이어서
제 마음조차 갈피 잡지 못하는 일

감포 바다가 청록의 시를 쓰고
갈매기들 떼 지어 겨울 소나타를 연주할 때

아무도 모르게 먼 바다 수평선 끝까지
한 사람의 이름 띄워 보냅니다

1971 서울역

나주 사는 조봉덕 할머니
난생 처음 서울 올라왔네
역에 내려 밖으로 나왔지

오가는 인파들 바글바글
오가는 차량들 바글바글
오가는 소리들 바글바글

으메! 시상에, 누가 기바구리*를 엎어부따냐!

* 게를 담은 바구니. 광주 김순흥 교수님 고맙습니다.

끽연喫煙

여수, 통영, 목포가 고향이면 좋겠다
마산이나 강진이면 또 어떤가
삼천포나 고흥반도라도 괜찮겠다

그 어디쯤 밤바다 이슥해질 때
귀항하는 고깃배 불빛 바라보며
한 개비 생애 뜨겁게 피워물고 싶다

타들어가는 그리움 재가 될 때
휘파람 불며 쓸쓸히 집으로
돌아가고 싶다, 들어가고 싶다

사람의 고향은 물속이 아닐까

* 전재현 형님의 글을 옮겨 성형했다.

청명에 자라는 봄비

오늘은 맑고 환한 날이라는데
그런 날 나무를 심자던데
가까이 푸른 언덕에 비 내릴 때
멀리 샘밭에는 비가 자란다네
자라는 빗소리에 귀 기울이다가 그만,
친구의 귀도 자락자락 자란다네

친구여, 나는 그대 가슴에 돋는
풀빛 시어들 자라는 소리에
귀를 기울이다가, 기울이다가
지상에 내린 봄비, 다시 풀잎처럼
하늘 향해 자라는 노래를 보네
봄은 어느새 내 가슴속에 있네

숨바꼭질

가만히 아이들의 두 눈을 바라보면

간밤에 빛나던 수많은 별들 도대체

한낮이면 어디로 숨는지 알게 되지

실종신고

언제부터인가 붉은 맨발 종종거리며 주택가 쓰레기봉투를 기웃거리거나 문 앞에 버려진 패스트푸드점 배달상자 프라이드치킨 조각 따위를 쪼던 그들이 보이지 않는다

굶주린 길고양이들의 혐의가 짙지만 그들은 처음부터 관심 밖에 있었으므로 누구도 확인할 책임은 없고 용케도 날개의 기능을 기억해 살아남은 소수만 전선 위에 있다

평화의 상징이란, 따분하게 회자되는 전설일 뿐 어디에서도 찾을 수 없고 어느 날 파란 하늘 위로 무작정 날아오른 순결의 업, 오늘도 구구구구 하릴없는 주문이나 외운다

도심 어느 곳이나 지천에 깔린 어떤 이름은 보이는데도 보이지 않는다

2부

내 사랑은 모나크나비 같아서

온다는 약속 없이도
한결같은 빛으로 찾아와
투명한 온기 가득한 손짓
그늘 환히 밀어내면
뛰는 가슴 구석구석 깊은 곳까지
불타오르고 마침내
두 눈 감아도
눈이 부서 견딜 수 없는,
내 사랑은 모나크나비 같아서

나는 왜 이렇게 조급한가

천천히 먹어요, 즐기면서. 누가 안 쫓아와요. 일도 식사도 천천히, 천천히. 당신은 즐기는 법을 모르는 사람 같아요.*

밥상에 콩나물국이 놓이면 으레 안경 위로 국물이 튀고 얼룩이 진다

혹시 시금치된장국도 그랬나

맞다, 생각해보니 미역국도 그랬고 어떤 종류든 뜨거운 국물이 밥상에 오를 때마다 그랬다

차가운 단도직입, 시원하다 벌컥벌컥 들이켜는 것들로는 짐작조차 할 수 없는 속사정들

생의 깊은 갈증은, 조심조심 뜨겁게 흘러내려가 저 밑바닥까지 기어이 후련하게 해주는 것들에게만 무릎 꿇고 머리 조아린다

울화 응어리진 일상에 기적처럼 스며드는 위로를 느낄 때마다 슬며시 헐거워지는 독기

늘 태연한 척해도 허겁지겁 넘기다 끝내 들키고야 마는
어수룩한 허세의 후줄근한 흔적들

* '걸스로봇' 이진주 대표의 글 중에서.

기타고양이*

어느 날 여동생이 말했다. 기타줄이 있잖아요, 참 신기해요. 오래 놔뒀다가 다시 연주하려면 조율해야 되는데요. 분명히 같은 공간에 있었는데 여섯 줄 음조절의 높낮이가 모두 다른 거예요. 온도와 습도가 같은 곳에 있었으니까 고음이면 고음, 저음이면 저음 쪽으로 일관돼야 하는데 왜 그런지 참 이상하죠?

글쎄, 매인 줄의 위치가 다르고 줄의 굵기도 다르니까 외부 변화의 반응도 달라야 하는 거 아닌가? 한 지붕 아래에서 함께 숨 쉬고 같은 밥 먹고 사는 한 핏줄 식구도 다 제각각 다르잖아. 조율의 방향과 거리가 모두 같아야 한다고 생각하는 게 오히려 이상한 거 아닐까.

갑자기 늦은 밤 마을공원 축대 위에 가만히 동그리고 앉아 귀갓길 검푸른 언덕 올라가는 남자를 바라보던 고양이가 생각났어
앉은 자리 한 뼘 앞으로 다가설 때까지 조용히 꼼짝도 하지 않고 슬로비디오를 보여주듯 천천히 눈만 감았다 떴다 하는 거야
남자는 고양이가 달아날까봐 더 가까이 다가서지 못하고 가만히 쳐다보기만 했지
어느 순간 그윽한 속도로 깜박이던 고양이의 두 눈이 바

람에 놀란 촛불처럼 커졌다 움츠러들었을 때 보았어

　반가움, 두려움, 고마움, 아쉬움, 망설임, 신기하게도 노여움은 없었고 그 각각의 감정들이 저만의 빛깔과 리듬으로 폭풍의 심연처럼 고요한 고양이의 눈 속에서 춤을 추고 있었지

　아, 같아야 한다고 생각한 기타줄의 높고 낮은 허밍이 고양이의 눈 그 안에서 꿈결처럼 흐르던 춤은 아니었을까 기타고양이, 기타고양이, 기타고양이

* 김상호 시인의 「기타고양이」를 본 적이 있다.

딥블루

이루지 못한 사랑만큼 황홀하고 냉혹한 환상이 또 있을까
이 사랑은 첫 단추를 잘못 낀 옷
바로잡으려 안간힘 써도 늘 비틀리는, 믿고 싶지 않은 숙명
밀어올려도, 밀어올려도 굴러떨어지는 시시포스의 돌
누구의 죄도 아니라 믿었으나 형벌의 좌표는 언제나 한
이름에 멎으니 이제 죄였음을 받아들여야 한다
두 번 다시 온몸 뜨거워지는 누군가를 만나더라도 사랑
한다 말하지 마라
사랑은 불안하거나 불온해서 불길하다
도대체 사랑만큼 어김없이 찾아와 확인하고 돌아가는 불
행한 예감이 어디에 또 있단 말인가
돌이킬 수 없는 날의 기억이 아름다운 건 아물지 않는 상
처의 왜곡, 독이 섞인 복어회를 먹는 위험한 호사와 다르지
않다
심장 요동치는 사람 마주치면 눈부터 감는 이유를, 나는
모른다
운명처럼 남겨진 깊고 지독한 파랑을, 저 맹렬한 비등점
의 고요한 색을, 나는 모른다

1Q84 외전

어둠 속에서 그가 말했다

당신은 내가 싫어하는 세 가지를 다 가진 사람이었어 작은 키, 험하게 살아온 흔적 가득한 얼굴도 싫고 무엇보다 나이가 많아 그런데 나는 왜 이렇게 알몸으로 당신과 나란히 누워 있는 걸까

이상한 말이지만 당신은 작아 보이지 않아 다른 사람들과 같이 있을 때 보면 분명히 작은데 왜 그런지 몰라 당신의 강퍅한 얼굴은 맹렬한 삶을 웅변하고 있어서 좋아 무엇보다 당신에겐 노쇠한 짐승들의 나쁜 특징이 전혀 없잖아

기이하지만 선명하게 떠오른 그가 누구인지 모른다 다만, 내 뺨을 쓰다듬은 그의 손길은 생생했다 이건, 꿈이 아니야

그인지 나인지 아니면 또 다른 누구인지 그렇게 말하는 순간 눈을 떴고 나는 어둠 속에 홀로 누워 있었다 여전히 잘도 살아 있군 머리맡엔 하루키의 독백이 넘실거리고 창밖엔 두 개의 달이 떠 있었다

불안한 사랑

화장이 조금 더 짙어진 밤의 눈빛이 가속 페달을 밟아 황
홀을 향해 달리기 시작했다

제 목숨의 속도로 부딪치는 술잔의 사람들이여
우리는 모두 열대과일의 입맞춤으로 찬란하겠네
갈 길 아득한 바람 서러운 아침이 올 때까지,

소녀

길거리 어디에서나 흔히 볼 수 있는 소녀가 무심한 표정으로 앞서 걷는다

예쁠 것도 없고 미울 것도 없는 소녀가 바나나를 먹으며 걸어간다

소녀 옆으로 바나나 껍질이 툭, 떨어지고 아는지 모르는지 소녀는 계속 간다

우연히 지켜본 남자가 이마를 찌푸릴 때 소녀가 황급히 뒤돌아 뛰어온다

흘린 바나나 껍질을 주워 두리번거리다가 손에 쥐고 다시 천천히 걸어간다

길거리 어디에서나 흔히 볼 수 있는 소녀가 여전히 심드렁한 표정으로 걷는다

눈 깜짝할 사이에 세상에서 가장 예뻐진 소녀가 저만치 앞에서 걸어간다

사람 인人

잘못 빚어 모가 난 마음, 날마다 갈고 닦아 둥글게 완성하던 신神의 노동은 끝났다. 원죄로 망가진 채 영문도 모르고 끝없이 밀려드는 사람의 행렬에 지쳐버린 사랑의 신이 손사래치며 녹색별을 떠났기 때문이지. 이제, 사람은 사람에 의지해 서로 갈고 닦아주며 함께 살아갈 수밖에 없어. 아주 오래 전, 사람 인人이란 글자를 만든 누군가는 그런 운명을 예감했던 거지.

혼자서는 견딜 수 없는 거라고
서로 기대어 살 수밖에 없는 거라고

사랑의 영원한 미완성 사람 인人,

피아노의 시
— 쇼팽 피아노 소나타 2번, 마리아 보진스카야와 조르주 상드를 위하여

사랑이란, 100억 년 전으로부터 현재를 거쳐 미래로, 미래로 팽창하는 시간입니다

사랑이란, 1,000억 개의 은하를 포함하는 100억 광년의 거리를 가진 공간입니다

사랑이란, 무한시공을 떠도는 먼지보다 작고 창백하고 푸른 점 하나입니다

사랑이란, 작고 창백하고 푸른 점 위에서 살아 숨쉬는 76억의 영혼입니다

사랑이란, 76억의 영혼 중에서 단 한번 맞부딪친 천둥, 벼락의 눈빛입니다

사랑이란, 먼지보다 작은 존재들이
우주의 모든 관심 밀어내고
오직 둘만의 탐닉耽溺으로 완성하는,
하잘것없는 그러나
가장 위대한 종교입니다

사랑, 그대라는 나의 기적奇跡

사람이 달이다

그저 좋아서 둥글게 뭉치는 달구벌의 달
야구 배트보다 시집을 좋아하는 야구선수의 달
마음이 커서 마구 퍼주는 산업단지공단 남자의 달
그 곁에 함께 뜨는 어리숙한 보조개의 달
화가들의 키높이구두 같은 키다리의 달
하루하루 은은하게 눈부신 다육소녀의 달
환한 웃음 형제 같은 대구통닭 아재의 달
푸하하하하 기차화통처럼 웃는 목수의 달
진달래돌마다 삶을 새겨넣는 장인의 달
사자개의 달 진돗개의 달 시베리안 허스키의 달

휘청거리다 영혼의 우물에 빠진 서울의 달
유목민 머리 위로 휘영청 뜨는 대마막걸리의 달
52주 연속 베스트셀러 큰곰 시인의 달
어디에서든 취하면 뮤즈가 되는 기타리스트의 달
12kg 감량하고 소년이 된 소심한 가수의 달
자리 뜨거워질 때마다 찬물 끼얹는 누렁소 시인의 달
글씨 쓰고 그림 그리며 이웃 돕는 거제누나의 달
무대 따로 없다며 간드러지게 노래하는 애랑의 달
다정다감 소설 쓰는 우크렐레 소녀들의 달

공기마저 감미로워지는 불란서 목소리의 달
오사카와 서피랑을 뒤집은 개그맨의 달
오순도순 오누이 같은 통기타 젊은 부부의 달

땅이 어두워질 때마다 환하게 노래하는 사람들의 달 만나
고 헤어질 때마다 둥근 행복 하나씩 나누어 품고 돌아가는
사람들의 달 아아, 달빛 속에서 하나가 되는 사람들의 달

그리하여 마침내, 사람이 달이다

투명인간

L 부장의 대기발령 소식이 사내 게시판에 붙었다
어제까지 웃으며 말 건네던 동료들이 그의 책상 앞을 바
람처럼 지나간다

K 과장, 나 여기 있어 C 차장, 나 여기 있다고

메마른 목소리 낙엽처럼 부서질 듯 버석거리는데 아무도
귀 기울이지 않는다
누군가, 그의 오늘은 동료들의 불안한 내일을 위해 올려
진 거룩한 제물이었다고 속삭인다

믿지 않아도 어쩔 수 없어,
꼭대기에 숨어 보이지 않는 자들의 폭력은 언제나 달콤
하게 포장되는 법이지

냉장고 얼음틀 같은 사무실 한구석 의자에 앉은 남자는
점점 투명해진다
창백한 의자에 앉아 서서히 사라지는 남자가 겨울바람
같은 동료들의 눈빛에 떠밀려 뒷벽에 걸린 시계를 본다
늦가을 해는 노루꼬리라는데 서녘 창 물들인 노을의 퇴

근시간 길기도 하구나

　하지만 괜찮아, 휑한 의자 위에는 아무도 없고 누구의 눈
에도 보이지 않으니까

　보이지 않는 사람,
　L 부장은 어린 시절 그토록 꿈꾸었던 투명인간이 되었다

* 부당해고를 노동청에 제소한 L 부장은 오랜 소송 끝에 승소했고, 노동청으로부터
복직판정이 내려졌으나 제자리로 돌아오는 데는 집행부가 바뀌고도 몇 개월이 더 걸
렸다.

우연한 밤의 동화

고깃집 '돈다발'에서 만난 사내는 흐어허허허히히힛 명랑
한데 묘하게 슬픈 가락의 웃음을 갖고 있었다

대각선으로 마주 앉은 노형老兄 바라보며 외딴 절집 추녀
끝의 풍경소리 닮은 웃음을 쏟아냈다

"형님, 제가 이사를 했잖아요. 근데 ○○ 엄마가 제게 뭐
라고 한 줄 아세요? 만날 시집을 끌어안고 사니까 서재를
만들어주겠대요, 흐어허허허허히히힛."

"저 친구 부인, 보통 사람이 아녀. 야 이 사람아, 그러니까
부인 잘 모시고 살아!"

노형은 흘깃, 곁눈질로 짧은 설명을 건네고 웃으면서 사
내를 향한 당부의 소주잔을 부딪쳤으나 그건 기우였다

"제가 읽고 쓴 시들을 모아 컴퓨터로 다시 책을 만들었더
니 ○○ 엄마가요, 이러는 거예요. 만날 그렇게 시집만 읽고
쓰지 말고 그 시인들 만나서 얘기도 하고 배워봐요. 흐어허
허허히히힛."

말끝마다 '○○ 엄마가요'를 붙이는 사내에게 그의 아내는

벌써 하늘이고 아내의 말은 이미 하늘의 말씀이었다

우리는 소주 한 병을 따고 다시 각 한 병씩을 쓰러뜨린
뒤 '돈다발'을 털고 나와 50년 동네사람이라는 사내가 이쪽
엔 없다고 우겼던 맥줏집을 기어이 찾아내 들어갔다

원하는 혀가 셋이면 없던 호랑이도 만들어낸다는 사실
을, 사내는 몰랐던 거 같다

노형의 할머니 이야기에 눈물을 쥐어짜던 사내가 슬그머
니 나갔다 들어오더니 생맥주 한 잔을 벌컥벌컥 들이켜고
일어섰다

"○○ 엄마가 전화했는데요, 식구들이 다 모인 거 같아요.
가봐야겠어요. 내가 오늘 ○○○ 시인님하고 술 한 잔 했다
고 하면 다들 깜짝 놀라겠지요? 흐어허허허히히히힛."

파장으로 어두워진 시장 침침한 불빛 속으로 맑은 눈물
같은 시 한 편이 손을 흔들며 휘청휘청 걸어들어가고 어느
새 우리 마음에는 등불 하나, 환하고 따뜻하게 빛나고 있
었다

섬

안개가
보이는 것들의 모든 경계를
섬과 섬의 거리로
허무는 이유는
외로움 때문이다

육지를 바다로 바꾸는
흐리듯 희미한 안개의 미덕,
자욱한 안개 속에서
경계가 사라지고
모호한 거리만 남을 때
세상은, 사람은 모두
저만의 바다를 펼쳐놓고
섬이 되어 떠다닌다

섬은 외로움의 다른 말이다

무한의 기호

　인도의 빈민촌에서 태어나 영국 왕립학회에 이름을 올리고 수학의 전설이 돼버린 남자가 생각난 이유는 순전히 눈비 쏟아지는 한겨울 아스팔트 위에 화석처럼 누운 뫼비우스의 띠가 서른둘에 요절한 그 남자의 직관과 상상으로 엿본 우주의 품을 닮았기 때문인데 알 수 없는 슬픔에 흠뻑 젖은 이 무한의 기호는 어쩐 일인지 오늘밤 꿈에라도 동아시아 반도의 심장에서 불꽃처럼 춤추고 노래하는 아이돌 그룹의 이름을 딛고 날아올라 1,000일이 넘도록 돌아오지 못한 영혼들을 하늘 높이 끌어올려줄 천 개의 노란 풍선이 될 것 같아

　지금, 라마누잔을 부르면 그날의 7시간과 맹골수도*에 잠긴 304 꽃잎의 분배함수를 풀 수 있을까

* 세월호가 침몰한 바다.

달의 노래

비행운은 또렷한 생채기라도
곧 사라지기 때문에 아픔보다는
쓸쓸함이 더 환하게 남지

지상에서 가까운 구름들이
검은 재처럼 날려 흩어지거나
찬란한 슬픔으로 눈시울 붉힐 때

그의 노래가 두 눈으로,
온몸으로, 온 마음으로 스며들어
물마루처럼 가득 차오른다

어떤 그리움은 얼음조각 같아

자화상

붕대를 풀어가는 손길 위태롭다 잠시, 외줄타기 같은 삶을 생각했다 생명의 돌밭을 담은 작디작은 관 뽑혔다는 말이 가소로울 지경으로 드러난 뿌리, 받다 손톱만큼의 사연도 만들지 못하고 숨을 잃은 어린 목내이 같더라 어찌할 바를 모르다가 병뚜껑 하나의 물을 붓고 돌틈 사이로 간절한 존재의 소망을 밀어넣고 일으켜 세운다 푸른 피 돌든 그대로 스러지든 기뻐하지도 슬퍼하지도 않겠다

알 수 없는 생의 기운 작은 몸 위로 바다의 비린내가 꿈틀, 뒤척인다 검푸르고 얼핏 붉다가 다시 검푸르고 그 너머 의식은 여전히 희부옇지만 보이지도 않는 거기, 삶의 맹렬한 의지 소용돌이치고 있음을 막연히 믿는다 사는 일이란 끝없이 견디고 또 견디는 거라고 다짐하면서도 성근 왜바람조차 참지 못하고 흔들리는 거울 속의 얼굴 울지 못하고 기어이 웃는다 닮지 않았어도 귀를 자르지는 않겠다

자화상 2

칼로 귀를 자르고 붕대를 친친 동여맨 사내가 자주 꿈에
보인다

당신 시는 시가 아닌 거 같아, 퇴짜 맞는 밤마다 칼을 휘
두른다

그래, 죽을 때까지 당신들 비위에 맞는 시는 쓸 수 없을
지도 모르지

불 같은 노여움을 쏟아낼망정 슬퍼하거나 포기하지는 않
겠어

세상 만물에는 그들만의 심장이 있고 그 박동소리 만져
보고 옮길 뿐

세계가 기억하는 화가도 살아생전 꼭 한 점의 그림을 팔
았다던데

그가 가장 높은 음의 노랑을 끌어내기 위해 압생트를 마
신 것처럼 오늘은,

하늘과 구름과 빛과 바람의 숨결을 빚어 가장 낮은 음의
파랑을 쓰겠다

귀를 앓다

생각해보니 이 아픔은 몸의 호의다
더 이상 참고 견디기만 해서는 안 된다는 격렬한 신호
돌이킬 수 없이 망가지기 전에 잘 살펴보라는 간절한 당부

밤새 귓속으로 용광로 쇳물 붓는 뜨거운 꿈 뒤척이면서
통증의 충고를 알아듣는 겸손한 귀가 됐다

어두워져야 빛나는 것들

귀앓이 때문에 제대로 씹을 수가 없어 아침은 먹는 둥 마는 둥, 체납고지서 챙겨 은행 들러 세금 내고 퇴직한 회사 근처 이비인후과에 가서 치료 받았다

어휴, 귀가 꽉 막혔네? 이러면 소리가 하나도 안 들려서 불편했을 텐데 어떻게 모르고 지낼 수 있지?

응? 안 들려서 불편한 적 없었는데… 말꼬리를 흐리다 짐작되는 바가 있어 피식, 웃고 입을 닫았다 그동안 왼쪽 귀가 거의 안 들렸을 거라는 의사선생의 말이 맞다 오른쪽 귀는 멀쩡하니까 누가 말을 하든 어느 정도는 알아들었고 몇 마디 대충 들어도 전체 말의 맥락을 파악하는 데는 지장이 없으니 별 불편 없이 그냥저냥 지냈던 거다 미련한 놈, 그걸 나이 들어 귀가 어두워지고 있는 거라고 생각하다니 소독을 하고 귓속을 채운 이물질을 긁어내면서 힘줄이 뽑혀 나오는 것 같은 통증을 거쳐 치료가 끝났다 노회한 의사는 곪고 곪아서 시커멓게 썩어 문드러진 이물질을 핀셋으로 집어 눈앞에 흔들어댔다

이런 게 귓속을 꽉 채우고 있는데 안 아플 리가 있겠어?

66

다시 소독을 하고 광선치료까지 마친 뒤 처방을 받고 병원을 나왔다 통증이 꽤 가라앉았지만 여전히 씹을 때 귓속이 욱신거려, 죽으로 점심을 때웠는데 떠밀리듯 그만두고도 여전히 회사 근처가 편한 이유는 뭘까 몰아치기로 볼 일을 마치고 집으로 돌아오니 온몸이 노곤해 저녁을 먹자마자 까무룩 잠이 들어 두 시간쯤 세상 모르고 잤다 마을공원 길고양이들 밥상 차려주고 올려다본 밤하늘은 구름 가득하고 달도 별도 보이지 않았지만 그보다 더 많은 것들이 빛나고 있었다

점점 고요해지는 귓속에서, 전혀 들어본 적 없는 다정한 안부의 목소리들이 반짝반짝 흐르고 있었다

노안

봄은 아직 기척 없는데 종이 위, 인터넷, 모바일 글씨와 이미지들이 새싹 움트는 대지 위의 아지랑이처럼 춤을 춘다

세상이 온통 희부윰하다

나쁜 거 아냐

미세먼지 가득한 시대

위험한 현실, 빨리 보는 건 해롭다고

고맙게도 몸이 알아서 느릿느릿

잘 적응하고 있는 거야

3부

그렇게 허기

무슨 사람들을 그렇게 많이 만나냐, 한다
무슨 돈으로 밥술을 그렇게 자주 사냐, 한다

이게 다 어린 시절 들러붙어 좀처럼 떨어지지 않는 허기
때문이오

있으면 먹고 없으면 굶고 한 생을 그렇게 견뎠소
잔치국수 한 그릇이면 삶이 온통 환한데 이제 와서 무얼
바꾸겠소

엄마 반가사유상半跏思惟像

　파주 약천사 약사여래불 앞에서 합장하고 돌아온 밤 누
군가의 원망 다독이지 못하고 기어이 어지러운 꿈속에 갇
혔습니다

　언제였는지, '연화대에 걸터앉아 오른쪽 다리를 왼쪽 허
벅다리 위에 수평으로 얹고 오른손을 받쳐 뺨에 댄 채 생각
에 잠긴' 여자를 보았고 그 순간 잠에서 깨어났지요

　무슨 일인지, 모호했던 측은지심惻隱之心 물마루처럼 또
렷하게 차올랐습니다
　자타불이自他不二의 연민은 그 누구도 아닌 나 자신을 향
한 것이었어요
　탐진치貪瞋癡의 번뇌, 선한 의지로 환해지는 마음이 한
뿌리에서 비롯되었음을 알겠습니다
　사방 일곱 걸음의 독선과 오만이라 생각했던 천상천하유
아독존天上天下唯我獨存을 가늠해보는 나이가 되었습니다
　물아일체物我一體와 자타불이가 다르지 않고 하늘과 땅
에서 오직 존귀한 이름으로 우주에 닿았다가 한 점 먼지로
귀의歸依하는 일체만법一切萬法의 무차별한 사랑을 생각합
니다

네 엄마는 부처님 가운데 토막이서, 어릴 적 숙모님의 까닭 모를 말씀 이제야 알겠습니다 신새벽 푸른 꿈속 다녀가셨고 그리하여 난마와 같은 온몸 온 마음 이토록 평온해졌음을 알겠습니다

언제였는지, 생의 기로에 걸터앉아 오른쪽 다리를 왼쪽 허벅다리 위에 수평으로 얹고 오른손을 받쳐 뺨에 댄 채 생각에 잠긴 여자를 보았고 그 순간 미망迷妄에서 깨어났습니다

나무관세음보살南無觀世音菩薩

어진 한 사람

시장바닥에서 배추겉대를 주워와 김장을 해도 누구에게
나 떳떳했던 사람 젖은 손 마를 시간 없이 분주하게 일하고
편히 쉬는 모습 볼 수 없었던 사람 가난하게 살아도 늘 이
웃과 나누려 하고 누구에게나 웃으며 친절했던 사람

어릴 때는 여자들이 다 그런 줄 알았다
한참 뒤에 알았다 모든 여자들이 그렇지는 않더라

조금 자란 뒤에는 엄마라서 그런 줄 알았다
살아보니 모든 엄마들이 그런 것도 아니었다

그때보다 엄마 나이에 더 가까워진 이제는 안다

엄마는 처음부터 그런 사람이었고 그렇게 살다 떠났지만
그렇게 살아서는 안 되는 사람이었다

여자도 엄마도 아닌, 어진 한 사람을 그리워한다

악의

저는 당신의 파편이 분명합니다

게다가 계속 진화하고 있습니다

당신은 장사한 지 사흘 만에 부활했지만 저는 날마다 죽고, 날마다 살아납니다

저는 어제도 욕망 안에서 죽었고 오늘 또 희망으로 살아났지요

일상에서 거룩한 짐승의 생애를 되살려내는 끔찍한 은총

불온과 불안이 난무하는 오늘도 로또복권 파는 가두판매점 앞을 서성거리는 바람

이 세계가 영원히 끝나기를, 주 예수 그리스도의 이름으로 기도합니다

아멘 ─

무정, 어버이 전 상서

급작스러운 인사입니다 두 분, 잘들 계시지요? 어버이날
이 한 달이나 지났습니다
　그곳에서도 여전히 함께하시지 않는다 해도 놀라지 않을
테니 그리 걱정하진 마세요
　한 분에겐 아직 풀지 못한 마음의 응어리 남았음을 알았
으나 굳이 감추진 않겠습니다

　약속도 차례도 기별도 없이 훌쩍 떠나 위, 아래 마음 끓
일 일 없으니 모두 다행입니다
　이러니저러니 해도 아득한 그곳에서 보면 그저 오고가는
흔적조차 먼지 같은 생生이겠지요
　애처롭고 쓸쓸한 시간들도 한때의 격랑激浪, 흘러 지나가
면 그만인 것을 몰랐습니다
　안다고 달라질 일도 아니겠으나 이제 알게 된 포기와 체
념의 차이만큼 속은 편합니다

　오랜 실연失戀의 상처는 버리지 못한 손거울 같은 것, 가
끔씩 꺼내 닦아주는 청동의 실금 간 얼굴이지요
　내용조차 모르면서 무작정 끌려 떠돌았으니 타고나길 천
애天涯의 기질이었는지도 모릅니다

세상 모든 연민의 손길 닿지 않는 곳으로만 홀연히 오가는 외로움은 얼마나 고고합니까

그러니 두 분도 이제는 살아 생전 슬하의 걱정 근심 내려놓고 부디 잘 지내시길 바라요

바람대로 바람처럼 닿고 바람처럼 흩어지려면 조금은 더 무정無情하게 가벼워져야겠습니다

새가 죽든 꽃이 피든

풍경은 끝내 울지 않았다

구파발에서 100번 버스를 타고 대원초등학교까지, 학교 앞에서 내려 삼성글로벌캠퍼스 향해 혼자 걷는 길

낙엽을 쓸고 있는 동네아저씨, 흙먼지 일으키며 달아나는 트럭도 어쩐지 한가해서 좋은데요

농협 지나 샛길로 들어서서 순댓국밥집, 휘어진 양철담장 안으로 들여다보이는 신축 빌라 공사장을 지나면 영락없는 시골길 열립니다

푸른 커튼 사이사이로 아주 작은 빨강 양산을 잔뜩 걸어둔 고추밭에 이름 없는 생의 노고가 빛나고요

아침부터 졸다 인기척에 놀란 누렁이는 그때처럼 또 우오오 우오오오 목청 높여 풋잠 든 주인 깨웁니다

엄마 치마폭처럼 풍성한 배추와 아빠 팔뚝처럼 힘차게 솟아오른 무는 스산한 시절 잊은 듯 말간 초록이 한창인데요

고추를 펴놓았던 기와집 앞마당엔 일없는 햇살이 서성거리고 담벼락 옆으로 지친 표정의 장작들 차곡차곡 몸을 뉘었습니다

차도 쪽으로 이어지면서 완만하게 비탈진 오솔길, 언젠가 보았던 단풍나무 사이 거미줄도 거미도 보이지 않는데요

한 생애가 떠나고 대물림한 목숨은 건너 수풀에서 또 한 생애의 연장선을 가설 중인지도 모르겠습니다

차도로 올라서서 뒤돌아보니 자연의 품에서는 오직 사람만이 외롭고 누구도 울지 않더라고요

별을 태운 바람 낮게 엎드려 숲으로 사라지고 환해서 더 쓸쓸한 길은 저 혼자 깊어가는데 풍경은 끝내 울지 않더라고요

검은 방

　학교 수업 마치고 집으로 돌아온, 조금 늦은 오후 당신은 무덤 같은 방에서 불도 켜지 않은 채 작은 창으로 흘러드는 여린 빛에 의지해 무엇인가를 그리고 있었다

　어두운데 불도 안 켜고 뭐하시냐는 말에 그제야 고개 들고 달무리처럼 희부옇게 웃던 당신

　제 역할 다하고 뜯겨진 천자문달력 옆에 놓고 앉아 다 써버린 공책 위에 색연필로 또박또박 하늘 天, 따 地, 검을 玄, 누를 黃… 당신은 그렇게 세상을 그리고 있었다

　버려진 것들 위로 하늘이 내려앉고 땅이 올라서고 있었다

　시장바닥 옥수수 광주리에 얹힌 삶이 너무나 가볍게 부서져버린 뒤 또 다른 방편을 찾기 전에 필사적으로 무엇인가를 붙들고 있어야 했던 당신은 버려진 것들의 틈바구니에서 용케도 살아 있어야 하는 이유를 만들어내고 있었다

　이제 종자돈도 없는데 파출부나 해야 할까. 다시 방직공장이라도 나가야 하나

버려진 당신, 버려진 세상 위에 낯선 하늘과 땅을 불러와 자꾸자꾸 무너지는 마음을 일으켜 세우고 있었다

힘들다는 말 한마디 받아줄 사람, 온기 한 줌 없는 검은 방에서 당신 홀로 지어낸 하늘과 땅은, 그윽하게 아득하게 한없이 꽃잎을 펼치고 있었다

검은 방의 풍경 그날 이후, 당신보다 더 아름답게 시들어 가는 꽃을 본 적 없다

꿈을 찍는 사진관

내가 가장 행복했던 시절을 데려와 주세요

* 박지웅 시인의 「택시」 변용.

최돈선*

어느 날 아등바등 안간힘 쓰는 내게 딱하다는 듯 툭, 한 마디 던지시더라

그렇게 어려운가
내 가운데 돈. 가져가게
난 최.선. 다할 테니

늙는다는 것은 몸으로도, 이름으로도 시가 되는 은은한 저녁으로 물드는 일

* 시인, 춘천문화재단 이사장.

아득한 화해

늙은 여자의 단편소설 낭독과 상황극을 보고 돌아온 밤, 꿈을 꾸었다 이미지 하나 남겨지지 않고 기억조차 없는데 어떻게 꿈의 존재를 확신하는 것인지 모르겠다 그저 오랜만에 엄마가 자리에 계셨고 기이하기도 하지, 꿈에 단 한 번도 나타난 적 없는 아버지가 다녀가셨다 생전의 모습마저 악착같이 밀어냈던 형상이 그토록 또렷하게 오다니 요동치는 심장 가득 차오른 애증이 앙금처럼 가라앉다 떠올라 부유하던 무저갱, 그 안의 짙은 어두움이 쌀뜨물 같은 아침으로 뒤섞여 희부윰하게 넘실거리는 창을 보니 그건 분명했다

어머니, 당신이 허락하신 아침이에요
저 창가에 황금비늘 물고기 떼 환하게
몰려들 때까지 옷자락 놓지 않겠어요

아버지, 이 무슨 일입니까 미움보다 더
날카로운 무관심으로 날마다 필사적으로
당신 죽이던 오이디푸스의 후회라니요

늙은 여자가 건네준 작은 화분 속에서

스무 사람 두 팔 벌려 맞잡아야 안을 수 있는
요세미티 천 년의 주목 환히 일어서더라

보여주지 않았으니 볼 수 없었다 그는 예지자가 아니고
그건, 사천 년이 흐른 뒤의 일인데 누군들 그렇지 않으랴
그때는 크고 높고 넓은 거기에 더하여 깊은 울음까지 모두
아득한 옛이야기로 흐르겠다 다만 지금은 쓸쓸하고 쓸쓸해
서 다시 쓸쓸하여라

* 약속처럼 차례로 떠난 소설가와 시인을 애도하며.

추억의 스틸 컷

1972년 겨울 영등포구 신길동 337번지 늦은 밤 골목길 외등,

불의 꽃으로 활짝 피어 허공을 낚던 발광發光의 슬픈 거미줄

별, 그대

그대가 떠오를 때마다

무질서의 질서
서로 구속하지 않고
멀어지지도 않는

행성과 행성 사이
자유롭고 근사한
중력의 거리를 생각하지

나만큼의 거리를 두고
나만을 바라보는
별, 그대의 눈빛

꽃은 힘이 세다

　새로 생긴 마을공원 울타리 아래 누군가 몰래 쓰레기를 내다버렸다
　그날 이후 쓰레기봉투가 하나, 둘 늘어나더니 아예 쓰레기장이 돼버렸다
　악취를 견디다 못한 공원 앞집 아저씨, 울타리에 커다란 경고문을 써붙였다

　이 개새끼들, 잡히면 죽는다!

　이튿날 쓰레기는 보란 듯 더 많이 쌓였고 며칠 뒤 경고문은 정중한 경어체로 바뀌었다

　CCTV 설치. 걸리면 벌금 물게 됩니다.

　경고문이 붙은 뒤에도 쓰레기는 줄지 않았다
　어느 날 누군가 울타리 아래를 깨끗하게 치우고 화분 몇 개를 갖다놓았다
　그날부터 쓰레기 무단투기가 거짓말처럼 사라졌다
　이제는 누구도 마을공원 울타리 아래에 쓰레기를 버리지 않는다

사나운 경고도 묵직한 위협도 해내지 못한 일, 꽃은 힘이
세다

구름이라는 이름은 누가 지었을까

이렇게 풍부한 표정의 오케스트라는 어디에도 없었어
나는 그냥 열에 들떠 침묵의 소리 끝까지 날아올랐지

오, 하느님!

시를 줍다

대원초등학교 버스정류장 옆 외딴길 걷다 바람에 떨어진
나뭇잎 주웠다

어린 시절엔 생채기 하나 없이 매끈하고 예쁜 잎들만 찾
아 헤매었지

서러운 나날 궂은 밥 먹으며 한세상 살아보니 알겠네

아름다운 이야기들은 벌레 먹은 상처투성이 낙엽에 깃든
다는 것

작두콩 따는 아이들

두 눈 가득 별을 품은 아이들이 햇살 밀려드는 학교 옥상
화단에 모여 작두콩 딴다

층층이 가로지른 울타리 살을 타고 하늘에 오르듯 피어
오른 연둣빛 희망 따낸다

높은 곳을 향하는 일은 언제나 두렵지만 아이들은 씩씩
하게 즐겁게 사다리를 탄다

꼭대기에 올라선 아이는 가위로 자르고 그 옆의 아이는
손으로 돌돌 말아 툭, 따낸다

어제까지 몰랐던 오늘과 내일의 비밀 알아가는 놀이, 송
알송알 이마에 땀방울 맺힌다

얼마나 보기에 좋은지 지나가던 바람이 환한 손길로 아
이들의 머리카락을 흐트러뜨린다

얼마나 보기에 좋은지 햇살도 참지 못하고 아이들의 뺨
을 어룽어룽 쓰다듬으며 웃는다

아이들이 작두콩처럼 웃는다 작두콩 줄기 타고 구름에
오른 아이들의 웃음소리, 하늘 끝까지 환하게 울려 퍼진다

* 군산 푸른솔 초등학교 송숙 선생님과 아이들에게 드립니다.

느릿느릿

— 반려伴侶

옥상에서 문득, 내려다본 골목길

바삐 걷던 할아버지 걸음 멈추시고
뒤돌아본다 이런, 너무 빨랐나?

저만치서 종종걸음 숨 가쁘던 할머니,
곁으로 다가올 때까지 기다렸다

손잡고 나란히 느릿느릿 걷는다

지켜보던 눈도 입술도 저절로
느릿느릿 보드라운 곡선 그린다

아름답다는 말 대신 쓰고 싶은 풍경들

푸른 언덕 삼층집 옥탑방 창문으로 내다본 이른 아침 해 오름의 찬란

마을공원 울타리 아래 담배꽁초 쓸어내고 정겹게 줄지어 선 화분들

주택가 골목길 모퉁이 담벼락 밑이나 돌계단 틈새로 얼굴 내민 민들레

횡단보도 신호등 바뀔 때 느리게 움직이는 노인과 걸음 맞춰 걷는 청년

지하철 안에서 백팩 끌어안고 졸다 만삭의 여자 발견하고 화들짝 일어선 소녀

북촌 한옥 열린 대문 사이로 보이는 기와지붕 섬돌 항아리와 창호문

앞니 둘 먼저 보내고 어떤 거리낌도 없이 활짝 핀 노시인의 둥글고 환한 입

구세군 자선냄비에 율곡 어르신의 마음 담는 엄마와 아이의 꼭 쥔 손

겨울 해거름 언덕 위에서 빛을 등지고 홀로 선 나무의 섬연한 검은 가지들

어두운 골목 비탈길 오를 때 마을공원 축대 위에 도열한 길고양이들의 환호

모처럼 구름 걷힌 밤하늘 달과 금성과 화성 그 은은한 빛
의 트라이앵글

그리고 그대,

덜컹 덜커덩

빈 화분에 머물던 샛바람
창문 흔들고 떠나는 소리
덜커덩 덜컹 덜커덩 덜컹

인적 끊긴 남영역 플랫폼
철길 달리는 밤열차 소리
덜컹 덜커덩 덜컹 덜커덩

청파동 하숙촌 삼층 옥탑
시린 겨울잠 눈뜰 때까지
덜컹 덜컹 덜커덩 덜커덩

　그리운 것들은 서로 닮아가다가 마침내 하나의 소리로
흔들린다

행복

음악이 흐르는 찻집 의자 팔걸이에 턱 괴고 앉아 유리문 밖을 바라봅니다

작고 하얀 자동차가 지나갑니다 그 뒤로,

허리 구부정한 할머니 느릿느릿 따라갑니다 그 뒤로,

꽃보다 고운 연인들 알록달록 웃으며 스쳐갑니다

분가루보다 고운 햇살이 계단 위로 나지막하게 내려앉고 한낮의 중력을 몽땅 끌어안은 눈꺼풀은 파르르 파닥파닥 파르르 꽃밭의 나비가 되고,

4부

인간, 프로메테우스*

　이유를 알 수 없는 맹렬한 적개심을 일으켜 바퀴벌레 한 마리를 짓이겨버렸다 그래, 알고 싶지도 않지만 언젠가는 영문도 모른 채 그렇게 밟혀 죽을지도 모르지 합리의 명분 따위는 가벼운 것, 언제나 비린 욕망 뒤에서 적당히 만들어진다 자본의 권력으로 얼굴을 바꾼 신의 비위를 거슬렸다는 결과가 두려울 뿐이다

　끝없이 되살아나는 간을 쪼아대야 하는 독수리도 불행하기는 마찬가지다 절대자의 산정에서 무한 반복되는 고통의 형벌에는 가해자와 피해자의 역할이 따로 없다 실은, 배은망덕한 족속에게 불을 건네는 게 아니었다는 후회가 더 뼈저리다 반복되는 진부한 신화에 지친 헤라클레스도 이제는 영영 오지 않을 것이다

* 그리스신화에 나오는 티탄족 이아페토스의 아들. 불을 훔쳐 인간에게 건네준다.

위로

    그가 무슨 말을 하든지 곁에서 그냥 가만히 귀 기울여주
는 일

불과 칼

흡연도 하지 못하면서 무작정 지포라이터를 수집했던 시
절이 있어
시야 좁은 시간의 강물이 탁 트인 바다에 닿을 때쯤 비로
소 알게 됐지
부딪치는 일마다 불타오르고 싶을 만큼 바싹 메마른 나
이였다는 것을

막연히 칼을 향한 갈증 때문에 어디에서든 눈에 띌 때마
다 집어들곤 했어
서슬 푸른 주검의 요기 흐르는 칼, 한 시대를 뒤엎을 반
역의 무라마사村正
억압하는 권력을 거침없이 찌르는 난폭한 욕구를 채워줄
M9 아이크혼
무엇이든 합법으로 우아하고 근사하게 자르고 썰어줄 것
같은 쌍둥이 헹켈
TV 홈쇼핑의 여자 모델이 장미문양 주방용 칼처럼 화사
하게 웃고 있어

아니, 이제 분명히 알아 지금 우리에게 필요한 건 '산호
가지마다 주렁주렁 걸린 달빛'* 취모검吹毛劍이지

* 파릉선사.

103

엄니, 보고자프요

오늘 짝꿍이랑 가봉께 장모님은 마늘밭에 앉아 마늘을 뽑고 있었소
그냥 바라만 봤소
나가 시방 쪼까 아프요
옆지기도 서방 타게서 아프요
사실 며칠 전부터 앓았는디 느거머 내일부터 아프등가 허제만은

집에서 맹근 몇 가지 찬으로 엄니랑 점심이나 같이허자
재촉 안 했소
엄니는 상을 차리기도 전에 깡쐬주부터 한 잔 들이켜부렀소
냅둬부려야제, 우짜겠소 말게도 팽야 마실 것잉게
집으로 돌아오는 길에 다시 밭으로 모셔다드리믄서 그예 한마디 해부렀소

나, 가요! 거 그깐 마늘 뽑아서 월매나 돈 된다고 혼자 뽑으쇼?
나가 저 눔의 밭 갈아엎어부려야 저런 꼴 안 보제!
애말이요, 거 앵간히 허시랑께!

바람이 씽것이 곧 비오겄고만 걍 냅두랑게!

염병허네, 씨잘데기없는 소리 허덜 말고 내 일 잉게 언능 가!

마늘밭에 주저앉는 장모님을 뒤로 하고 몇 번을 가다서 다 허면서 가장 신나는 노래 틀어놓는디 때 맞춰 비가 오시지 않것소 빗물 핑계삼아 에이, 이것이 뭐여 와이퍼맹키로 눈물 훔치는디 옆사람은 먼 창밖만 바라봤소

인자 사믄 얼마나 산다고 아흔 넘어서까정 즈그 새끼들 마늘 챙겨줄 생각만 허싱고
시방 비 내리는디 방안에 찬바람 안 들랑고
혹, 새복에 춥다고 이불 덮으믄 쬐깨 더울 것인디
그래도 보일라 틀어놓고 주무셔야 허꺼신디

가끔, 산다는 일은 요로콤 마음 폭폭하고…

* 친애하는 김홍길 아우의 글을 다듬었습니다. 故 김석례 여사님의 명복을 빕니다.

아라한 阿羅漢

　무수한 전생 중 어느 한 시기 나한으로 살았다 모든 번뇌 끊고 도덕 갖추지 못하였으니 인간과 천상의 공양 받을 수 없고 진리에 상응하지 못하였으니 응공應供도 응진應眞도 아닌 살적殺賊만 무장무장 키운 불구의 나한이다 기쁨 노여움 슬픔 즐거움 사랑 미움 욕망을 두른 만악과 싸우며 만가지 표정으로 살았다

　골이 깊어 험악한 미간에 떠오른 오백 나한의 얼굴 찰나에 살아진다, 사라진다

* 국립춘천박물관 창령사터 오백나한전.

자기혐오

가난한 사랑은 장해가 많아 무엇을 해도 발목을 잡지

타고나기를 우는 소리 싫어할 뿐 웃는다고 즐거운 건 아니다

마른 혀는 지난 밤도 바쿠스*의 집요한 사랑에 몸살을 앓고 잠복 중인 기침, 고개 들어올릴 때마다 하늘과 땅이 꿀렁꿀렁 불꽃 뿌리며 자리 바꾼다

마르고 말라 말조차 마른 혀 대신 실타래 같은 생각이나 부둥키는데 긴긴 시간 채찍질해 찾아낸 아아, 사는 이유가 고작 자기혐오뿐이라니

아무짝에도 쓸모가 없는 자폐의 꽃이여,

차라리 활활 타올라 흔적도 없이 흩어져버려라 사라져버려라

* 로마신화 술의 신. 그리스신화의 디오니소스.

안식의 교감

꿈을 꾸었다
슬픔은 없고 아주 느긋한 마음 하나만 남겨진 안식이었다

눈을 뜨고 누운 채로 Neil Diamond의 〈Be〉를 몇 번이나
듣다가 우연히(아니, 어쩌면 필연으로) 그의 트위터에서 짧
고 무한한 그리움을 만났다

"I wept when it was all done/ For being done too soon."
I miss you already, Mom. Rose Diamond 1918 - 2019*

신의 존재를 부정하더라도 영적인 교감을 믿어야 할 때
가 있다

* Neil Diamond의 트위터.

노는 개미

일본의 한 대학교수*가, 멸종한 다른 종족과 달리 오랜 기간 생존해온 시와쿠시개미 8개 집단 1,200마리를 관찰한 결과 각 집단의 20~30%가 교대로 일하지 않고 빈둥거린다는 걸 확인했다네요

OECD 최고의 노동량을 기록하고 있으면서도 마이너스 출산율, 마이너스 경제로 퇴행하고 있는 어떤 나라의 정치, 기업인들은 이웃나라 교수의 노는 개미 연구 따위엔 터럭만큼도 관심이 없겠지만요

그냥 그렇다고요

* 홋카이도대학 하세가와 에이스케 교수, 휴식의 효율성에 관한 연구.

프레디 머큐리*

Queen, Hungarian Rhapsody— Live In Budapest를 보
았다

　그의 노래를 처음 들었을 때 자르고 가른 오이 속살의 투
명하고 날카로운 피비린내가 비강을 훅, 찌르고 들어왔다
　영문을 알 수 없었으나 그 느낌은 환각이 아닌, 부정할
수 없는 실존의 날것이어서 오랜 시간이 흐른 뒤 식탁에 앉
아 오이소박이를 씹을 때조차 내 몸 어딘가에 고여 있던 그
의 노래를 불러내 듣게 되는 것이다

　오이가 인도 북부 히말라야의 자웅동주 덩굴식물이라는
건 삼십 년쯤 뒤에야 아주 우연히 알게 됐지만

---

* 영국 록그룹 Queen의 보컬.

110

박회*인간

　왜 한낮의 폭양 아래 길바닥에서 배를 까뒤집은 채 흉물
스러운 주검이 되었는지 알 수가 없다
　어쩌다 극혐의 목숨이 되었는지, 오그라든 여섯 개의 다
리에 육자대명왕진언 붙여주고 싶다

　옴마니반메훔, 진흙 속의 연꽃이여 연꽃 속의 보석이여

　최저임금 인상 때문에 나라가 거덜나고 있어, 천지사방
탐욕스러운 자본의 망나니들 칼춤 춘다
　박회였다가 바퀴가 된 오랜 속사정 엿볼 수 있다면 만업
의 껍데기 벗어던질 수 있을 것도 같은데,

　세상이 바퀴보다 더 빠르게 굴러간다

* 바퀴의 옛말.

야누스*

터널을 달리는 자동차

모든 입구는 또 다른 출구다

라이트를 켜세요

절
/
대
/
감
/
속

안팎이 없는 욕망의 경고

모든 출구는 또 다른 입구다

* 로마신화, 안팎이 없는 문의 신.

25시 편의점의 상심에 대하여

　오랜 너의 대답 놓친 물음표 허둥대며 길 찾을 때 설명할
수 없는 문장들 야생의 밤거리 표류하다 종각역 지하철 타
고 황급히 떠나간다 그 표정 무임승차 아니었기를, 부디 목
적지 있었기를, 가끔 갈 곳 몰라도 어떻게든 즐거운 어린
양들은 삼삼오오 작당해 어린 새벽 골라 뜯는다 겁마저 빼
앗겨 더 이상 잃을 게 없는 양 떼를 피해 차마 허기진 바람
몰고 돌아오는 골목 하루 60분씩 넘치는 편의점에서 잉여
의 시간에 뜨거운 결핍 붓고 낯익은 아침 차오르길 기다린
다 어디선가 물끄러미 바라보는 목소리에 사방 두리번거리
지만 거기, 환하게 서 있을 것 같은 예쁜 너는 오늘도 없다

　라면 토핑은 밥이 좋겠어, 곁에 없는 네게 중얼거리며 무
심히 창밖 지나가는 길고양이나 본다

표정의 말

골목길 모퉁이 집, 낮은 담장 위에 앉아
음울한 저음의 하늘 하염없이 올려다보던
길고양이, 인기척에 놀라지도 않고
천천히 고개 돌려 그의 눈을 읽는다

흙탕물에 뒹군 듯 더러운 털은
누군가에게 마구 쥐어뜯겼는지
군데군데 맨살이 드러나 있었는데
병든 몸 대신, 한쪽 눈을 덮은 백태가
혹한기 야수처럼 달려들었다

백 마디 웅변보다 압도적으로
온몸을 후려갈기는 저 표정

기도하지 마라, 신 따윈 없어

생각의 맛

먼저 팔식八識에 고요히 숨겨둔

포정庖丁의 칼을 쥐어야 해

사람이 지은 이름을 죽이고

관념의 가죽을 벗겨낸 다음

은유의 핏물 번지지 않도록 잘 빼낸 뒤

현학衒學과 통속通俗의 경계

적확的確하게 찔러, 살과 뼈

발라내야 식상食傷하지 않거든

자, 준비됐으면 이제 요리해야지?

반성문

이로운 것들은 대체로 날붙이와 같아서 이로운 꼭 그만
큼 위험하다는 걸 문득, 깨달았어요
옳고 그름을 가리려는 바른 말이, 상처받은 이들에게 또
다른 상처를 주는 원초적 이유

이제는, 살리고 죽이는 칼이라는 걸 명심하겠습니다

칠월의 노래

꿈인 듯 흐린 창가에 서서
내려다본 모텔 거리는 안개바다
새소리 아득하게 헤엄쳐온다

젖은 공기 창문 기웃거리며
키 작은 방 자꾸 흔들고
지쳐 잠든 선풍기 아래
젊은 시인의 찬란*, 고요하다

아침햇살 노 저어 올 때까지
발목에 찰랑거리는 시간
그대, 지금 어디를 흐르고 있나

바다를 향한 테라스의 붉은 꽃**

* 이병률 시집 제목.
** 밀턴 에이버리 그림을 보다.

먼 별을 위한 기도

집으로 돌아오는 골목길 옆
마을공원 축대 위에서
한 끼의 시간 서성거리는
고양이들의 밤, 격정의 시간은
성마른 울음으로 우우우
키 큰 소나무 사이를 내달리고
벌레소리마저 삼킨 수풀은
그저 검푸른 무덤의 적막뿐
살아남은 자의 몫은 오직
흐린 달빛 살펴 걷는 그림자
그래도 아직은 견딜 수 있다는
살얼음판 위의 믿음으로
고개 들어 먼 별 헤아린다

원죄도 없이 얼어붙은, 얼어 붙박인 눈물들

- 노동자의 개미지옥 - - 인간의 배려 없는 - - - 죽음의 외
주화 - 비정규직 벼랑으로 내모는 - - 검은 바람 자욱한 - - -
컨베이어벨트 - 미친 속도로 - - 돌고 돈다 - - - 슬프고 - 맥
이 풀리다가 - - 화가 나고 - - - 다시 슬프고 - 맥이 풀이다

가 - - 화가 나는 - - - 스러져버린 - 꽃잎들은 결코 - - 의도
하지 않았을 - - - 이 기괴한 - 무한루프의 세상에서 - - 벗어
나기를 - - - 아멘—

* 태안화력발전소 고 김용균 노동자를 위한 추모시.

시의 말

번개처럼 떠오른 사유思惟는 번개처럼 사라지지
떠오른 그 순간 온몸 불태울 각오로 부둥켜안아

실종

전장戰場의 포성 그치듯 비바람 멎자
젖은 불에 그을린 포도鋪道 위로
늙은 부상병 같은 낙엽 쌓인다
세상은 모두 그렇게
시간의 어깨를 걸고 스러지는 것
횡단보도 건너편 건물군 배후에서
실명失明의 폭발처럼
난폭하게 빛의 정글이 열리고
앞서 걷던 사람들 속속 지워진다
찰나에 눈 멀어버린 그도
인도견 같은 광기에 이끌려
뭉텅, 환한 밀림 속으로 삼켜졌다

10월 29일 오후 4시 57분, 비 그친 일산동구 장항동 웨스
턴돔 거리에서 한 남자가 사라졌다

2019 실직의 달

아직 일할 수 있어, 불 보듯 훤한 결과라도 취업의지 보여주려고 파주 출판단지 면접 간다

아이구, 경력은 좋으신데 학력은 선찮고 나이도 많고 참 줄도 빽도 없이 용케도 사셨구먼

이름 쓰고 명판 찍고 도장 받은 면접확인서 위로 뜨는 허연 낮달, 요즘은 달도 실직하나

깊은 밤에도 찾는 사람 없어 외로워 한낮부터 나왔나, 아니면 동병상련 위로하러 나왔나

주말 밤이라 멋진 공연도 있다는데 무거운 생각 훌훌 털어버리고 나들이 왔다 마음먹지 뭐

자아 신명나는 달타령이다 막막한 파주의 달 출판단지의 달 막국수의 달 중고서점의 달 서울예수의 달 사평역의 달 견딜 수 없이 가벼운 존재의 달 뒹굴다 잠 깬 돌의 달 삼남에 내리는 눈의 달 극한직업의 달 헤이리 저녁노을의 달 김치볶음밥의 달 커피공장 103의 달 아코디언의 달 피아노의 달 바이올린의 달 폴 매카트니의 달 빅토르 최의 달 느닷없는 안개 낀 장충단공원 배호의 달 하하하

밤이 내리는 곳이라면 어디에나 달은 뜬다

부의賻儀

소복차림 창백한 표정 안쓰러운
봉투 목구멍 속으로 꾸역꾸역
만 원짜리 염치 몇을 욱여넣다 문득, 생각했다

생계라는 명분에 눌려 쪼그라든 조의금
액수만큼 비루해진 삶의 키도
조금 더 왜소해진 건 아닐까

속물 같은 두려움, 실없는 자존심에
몇 장의 지폐를 더 집어넣다가
다시 끄집어내며 마음 다독인다

줄어든 그만큼 삶은 온순해질 거라고
막연한 바람처럼 품고 살았던
안식에, 조금 더 가까워진 거라고

일몰이란

아름다움을 향한 절망의 뒤태

* 인간의 모든 예술행위의 최선은 자연의 모방이다. 완벽하게 표현할 수 없기 때문
에 자꾸 설명으로 덧칠하려는 욕망이 일어난다. 인간의 지식으로 만든 문명의 이기
들이 기꺼이 허리 굽혀 도열하거나 엎드려 순종하는 시간이 2차원으로 정지하는 어
느 한순간 알았다. 자연의 아름다움은 인간의 어떤 언어로도 충족되지 않으며 인간
의 모든 표현수단을 버리고 침묵할 때만 오롯이 받아들일 수 있다는 것. 고스란히 묘
사하지 못하는 것을 설명할 수밖에 없는 모순, 그리하여 지극한 아름다움을 대할 때
마다 솟아오르는, 최우선의 감정은 절망일 수밖에 없다.

중용의 길에 깃든 외로움
혹은 '시'라는 실존적 전회에 대하여

박성현/ 시인

언어는 세계를 기록하며 축적하고 물려준다는 점에서 세계-이해의 첫 관문이자 문턱이며 감각과 사유의 포괄적 경계이다. 언어를 통하지 않으면, 그것(혹은 '대상')이 무엇인지 또한 어떻게 존재하고 어떤 방식으로 활용되며 우리 삶에 어떤 형태로 외삽外揷되는지를 알 수 없다. 그 이유만으로도 언어가 우리에게 끼치는 영향력은 상상을 초월한다. 언어를 '존재의 집'으로 간주한 하이데거나 언어를 논리적으로 분석함으로써 세계를 파악하고 이해하려는 비트겐슈타인의 '언어적 전회'가 그 대표적 예인데, 이 두 거장들은 지금까지 세계를 현상과 실재, 본질과 속성, 형식과 내용 등으로 이분하는 플라톤식 '환원주의'를 거부하며, 인간의 감각과 사유에 포획된 세계-인상을 '언어'를 통해 재구성하고 재배치한다.

현대사회에서 언어가 세계의 외연이자 내면이고, 생활에

서 드러나는 생생하고 구체적인 표정과 느낌, 밀도와 무게를 갖는 것은 명백하다. 특히 단지 일회적으로 살 뿐인 개별자들의 고유한 '실존'과 연속적인 리듬, 생활의 회화적인 구조를 언어가 보증한다는 점에서 '언어'는 인간의 실존을 대칭하고 있다는 것 또한 분명하다.

그러므로 언어의 문제는 우리의 '실존'과 정확히 일치한다. 인간은 어느 시간, 어느 장소에서 태어나고 어떻든지 살아간다. 그의 삶은 생활-속-에서 언어와 함께 점차적으로 성숙하며 또한 다른 무수한 타자들과 공명하고 교차하며 결합한다. '죽음'조차 유기체에서 무기물로 진입하는 과정이라는 점에서 비-실존조차 언어의 연속적이고 포괄적 영역이다. 삶의 각 단계는 주체와 타자들이 관계 맺는 과정에서의 '실존적 표현'들로 가득 차 있지 않은가. 언어는 매개함으로써 표현하고, 표현함으로써 삶을 고양한다. 이 모든 것들은 언어를 둘러싸고 우리에게 일어나는 일들이다.

다시 묻자. 우리는 세계(혹은 '대상')를 온전히 이해할 수 있을까. 세계가 우리에게 다가오는 만큼 우리는 그 징후와 농도를 받아들이고 감각과 사유를 통해 정확히 그 사태를 판단할 수 있을까. 이 과정에서 제기될 수밖에 없는 또 다른 질문, 곧 "아름다움을 향한 절망의 뒤태"(「일몰이란」 전문)와 같은 문장이 내포하는 추상적 개별은 필수적인 세계-이해의 한 부분일까. 아니면 사실에 대한 정합성과는 상관없는 취미판단의 모호한 영역일까. "번개처럼 떠오른 사유思惟는 번개처럼 사라지지/ 떠오른 그 순간 온몸 불태울 각

오로 부둥켜안아"(「시의 말」 전문)야 한다는 직관적 사유의 섬광과 감각의 무질서는 어떻게 가능한 것일까. 무엇보다 손종수 시인은 언어적 전회가 가져다준 우리의 세계-이해는 반드시 '언어'를 그 근원으로 돌려세움으로써 시작할 수 있다는 것을 정확히 알고 있다.

바로 여기에서 손종수 시인의 문장에 깃든 실존적 언어가 직조된다. "리슬링 한 잔에 애써 취하려는 당신을/ 이 밤의 무엇으로 위로할까 생각하다가/ 노곤한 하루, 귀항의 뱃고동처럼 평화로운 잠이여/ 완성되지 않아 영원한 위로여/ 그 머리맡에 깃들라, 기도합니다"(「통·영에서, 미완의 위로」)라고 노래하는 시인의 실존을 향한 시적 여정이, 그 길고 머나먼 언어의 꿈들이 시작되는 것이다.

*

우리는 생生의 일정한 시점에서 언어를 습득하고, 언어-속-에 새겨져 있는, 다시 말해 언어가 제시하는 대상들의 이해를 통해 세계를 받아들이기 때문에 우리는 '언어'를 통하지 않고서는 단 한 발짝도 세계로 나갈 수 없다. 언어는 인간의 실존에 직결되며, 그 '실존'을 표현하는 것을 본질로 한다. 따라서 세계 이해의 한계는 바로 언어의 한계라는 말이 성립될 수 있는 것이다. 아울러 시가 직관하는 모든 사태들의 한계도 마찬가지인데, 시 또한 언어의 건축물이므로 이를 비껴갈 수 없다.

＊

　손종수 시인에게 언어는 "거울 속 검은 의자가 등을 돌리
자 거울 앞 하얀 의자가 환한 그늘로 웃었다 나는 네가 아
니라고 말했으나 처음부터 너는 나를 듣지 않았다 맞아, 물
음표의 표정이 단호할수록 의문이 커지는 법이거든 분절된
나를 보여주는 너는, 둘 또는 거울 속 어딘가에 숨은 여럿
의 나다"(「춘천, 거울집」)와 같은, 다양한 의미를 이끌어내
는 주체의 분절화 과정으로 집약된다.

　그런데 이해조차 언어를 통해 덧칠되고 소통되며 축적
되는 것이라면 그것은 직관-언어일까, 아니면 이성-언어일
까. 혹은 두 언어의 교집交集일까. 시인에게 그 답은 명확
하다. "아름다운 이야기들은 벌레 먹은 상처투성이 낙엽에
깃"(「시를 줍다」)드는 것처럼, 언어에 깃든 삶과 생활의 온
갖 사태는 직관이나 이성만으로 포용되지 않으며 그 '중용'
의 한 점에서 "자유롭고 근사한/ 중력의 거리"가 나온다고
말하기 때문.

　이를 보증하듯, 시인은 "그대가 떠오를 때마다// 무질서
의 질서/ 서로 구속하지 않고/ 멀어지지도 않는// 행성과
행성 사이/ 자유롭고 근사한/ 중력의 거리를 생각하지// 나
만큼의 거리를 두고/ 나만을 바라보는/ 별, 그대의 눈빛"
(「별, 그대」)이라 노래하며 직관과 이성으로 형상되는 무질
서와 질서를 대칭하며, "늙는다는 것은 몸으로도 이름으로
도 시가 되는 은은한 저녁으로 물드는 일"(「최돈선」)이라

면서 양자 간의 일치 혹은 차이를 긍정한다. 그리고 이것은 시인의 여정에서 작시법作詩法으로 변형되는데, 그에게 시-쓰기란 '우공이산'愚公移山과도 같아 "세상의 말 없는 말들 조금씩 옮"(「휴일 오후 고속도로 정체의 권태에 대한 변명」)겨야 하는 지난한 작업으로 표상된다.

*

손종수 시인의 문장은 감각과 사유를 동시에 갖고 있다. 감각적 언어들로 포진하되, 이성의 사유를 놓치지 않는다는 말이다. 시인은 기울어지지 않는다. 자세히, 그리고 오래 보고 듣고 소통할 때도 그는 중심으로부터 멀어지지 않는다. 울창한 언어의 숲에서도 '중용'이라는 도덕적 중심을 잃지 않으며 비록 그 삶이 외로운 섬과 같을지라도 그는 꿋꿋이 감내하며 살아가는 것이다. 그는 "배은망덕한 족속에게 불을 건네는 게 아니었다는 후회가 더 뼈저리"(「인간, 프로메테우스」)더라도 프로메테우스-되기를 자처했으며, 때로는 무수한 전생 중 어느 한 시기에 나한으로 살면서 "기쁨 노여움 슬픔 즐거움 사랑 미움 욕망을 두른 만악과 싸우며 만 가지 표정으로 살았다// 골이 깊어 험악한 미간에 떠오른 오백 나한의 얼굴 찰나에 살아진다, 사라진다"(「아라한阿羅漢」)면서 만악과 싸우는 '오백 나한-되기'도 마다하지 않은 것도 모두 그의 도덕적 중용을 지키려는 의지에서 기인한다.

만일 그렇다면, 시인에게 '도덕적 중용'이란 무엇일까. 어떤 의미-작용을 일으켜 시인에게 '시'라는 '실존적 전회'를 초래하는 것일까. 당연하지만 그는 그 답을 직설하지 않는다. 단지 에두르고 빗겨가며 넌지시 암시하지만 아주 간결할 뿐이다. 시인은 다음과 같이 고백한다.

> 이로운 것들은 대체로 날붙이와 같아서 이로운 꼭 그
> 만큼 위험하다는 걸 문득, 깨달았어요
> 옳고 그름을 가리려는 바른 말이, 상처받은 이들에게
> 또 다른 상처를 주는 원초적 이유
>
> 이利는, 살리고 죽이는 칼이라는 걸 명심하겠습니다
> ──「반성문」전문

이 고백의 문장에서 우리는 옳고 그름이 상처받은 이들에게 또 다른 상처를 주지 않도록 하는 결심과 의지, 행위에서 중용의 도덕이 작용하고 있음을 알 수 있다. 이것은 특히 "먼저 팔식八識에 고요히 숨겨둔/ 포정庖丁의 칼을 쥐어야 해/ 사람이 지은 이름을 죽이고/ 관념의 가죽을 벗겨낸 다음/ 은유의 핏물 번지지 않도록 잘 빼낸 뒤/ 현학衒學과 통속通俗의 경계/ 적확的確하게 찔러, 살과 뼈/ 발라내야 식상食傷하지 않"(「생각의 맛」)다는 은밀한 방법에서 더 확실해진다. 결국 이 방법적 지향은 "흔들리는 것들과 흔들리지 않는 것들"(「마르크 샤갈, 영혼의 정원에서」)을 꾸준히 분별하겠

다는 시인의 의지로 이어지면서 더욱 공고해진다.

어느 날은 북촌을 향한 창덕궁 곁길을 걷는데, 푸른 하늘을 배경으로 서 있는 건축물들이 모두 스스럼없고 모나지 않으며 특별한 자기 주장 없이 자유로운 표정을 짓는 것을 보게 된다. "모처럼 밤비에 얼굴 말갛게 씻은 기와지붕/ 연두에서 초록으로 한껏 뻗은 나무 기지개/ 그 사이사이 언뜻언뜻 보이는 새들의 둥지/ 막 채운 맥주거품처럼 달보드레 부푼 구름"을 봤던 것인데 "어느 누구 하나 내로라 나서지 않으면서도/ 참 잘 어울린다는 말이 절로 떠올랐"(「어울린다는 말」)을 정도였다. 각자는 개별로서 전체를 이루며, 전체는 개별의 의지를 억압하지 않은 채 자유로운 고립으로 유도하는 것.

이러한 타자와의 거리두기 혹은 스스로 지켜내는 고립은 지독히 외로울 뿐임을 시인은 모르지 않는다. 그는 사람들이 많이 오가는 '사당역'에서도 "몰락한 왕국의 유물 같은 날비린내"(「소설」)를 맡는다. 시인에게 거리를 유지한 채 스스로의 고립을 자처하는 사람이란 "사는 일 쓸쓸하고 쓸쓸한 사람들", "쓸쓸하다 못해 기어이 허기진 사람들"(「원대리 자작나무숲으로 가자」)이고, "화톳불 꺼지고 잠든 낙타의 속눈썹 너머 떠오르는 달의 막막한 그리움, 오래 머무르지 못하는"(「솔롱고스의 꿈」) '유목'의 고된 흔적들을 각인한다. 중용을 지키고자 하는 의지는 수사로 그치지 않고 실존적 외로움으로 직결되는 것.

하지만 이 '외로움으로서의 삶'은, 시인에게 또 다른 삶의

지향점을 가져다준다는 점에서 긍정적이다. 시인에게 외로움이란 "낯선 곳에서 길을 잃은 행복한 여행자"(「왼발의 기억」)며, "문득, 생각의 화판 위로 멀리 두고온 사람들 불러보는 몽마르트르 언덕"(「몽마르트르 편지」)과도 같다. 이 것이 이번에 상재한 그의 시편들이 대부분 '외로움'이라는 자발적 고립에서 집필된 것처럼 느껴지면서도 바로 그 상황 속에서 시인이 평생 추구해온 안온과 행복과 자유가 강하게 느껴지는 이유다.

> 사람들이 구름처럼 모여들었다
> 오가며 눈빛 마주칠 때마다 열렬히
> 두 손 움켜쥐고 부둥켜안는다
>
> 우리, 이렇게 뜨거운 사람들이었나?
>
> 잔치가 파하기 전 막차를 탔는데
> 집으로 돌아오는 골목길은
> 바람 한 점 없이도 스산했다
>
> 아, 모두 외로웠구나
>
> —「운집雲集」전문

시인은 잔치에 다녀오는 길이다. 막차를 타고 집으로 돌아가는데 심장 어디쯤에 구멍이 뚫린 기분이었다. 거의 알

아차릴 수 없을 만큼 희미했지만 이상하게도 바람이 숭숭 드나들고 있다. 갑자기 등받이가 몹시 딱딱해지며 긴장이 풀어진 어깨를 밀어내는데, 그도 노쇠한 살과 뼈를 어찌할 수 없는지 그 '미는 힘'을 고스란히 받아낼 뿐이다. 구름처럼 모인 사람들 중에는 오랫동안 지켜본 사람도 있고, 잠깐 스친 사람도 있으며, 아는 체하기가 몹시 버거운 사람들도 있다. 잔치에 사람들이 모였다. 그리고 각자의 말들을 떠들고 있다.

사람들이 구름처럼 모여 반갑게 인사를 한다. "오가며 눈빛 마주칠 때마다 열렬히/ 두 손 움켜쥐고 부둥켜안는다" 서로의 안부를 묻고, 지난 일을 하나둘씩 소환하며 추억하는데, 취기에 다소 흥분한 사람들은 그때가 자신의 전성기라고, 그 행복했던 시절로 되돌아가고 싶다고 외친다. 자신의 언변 속으로 빠져든 사람도 있다. 누가 듣는지 그것은 중요하지 않다. 모두 자기만족일 뿐이다. 시인은 사람들을 보면서 '잔치'에 내재한 허무 또한 느끼는 것인데, "우리, 이렇게 뜨거운 사람들이었나?"며 자조하는 그의 문장에는, 사람들의 속내가 잘 드러나 있다. 특히 "잔치가 파하기 전 막차를 탔는데/ 집으로 돌아오는 골목길은/ 바람 한 점 없이도 스산했다"는 문장에서는 전치의 겉과 속의 상반된 속성이 나타난다. "아, 모두 외로웠구나"라는 문상을 통해 그는 잔치-속에 방치된 사람들의 외로움을 적확히 묘파한다.

하지만 시인이 느낀 것은 잔치의 '허울'만이 아니다. 사람들의 '운집'雲集에도 고립을 지향할 수밖에 없는 단단한 뿌리를, 그 외로움의 통증까지도 느낀 것이다. 이러한 사태는 안개와 같아서 "보이는 것들의 모든 경계를/ 섬과 섬의 거리로/ 허무는" 자발적 의지인데, 바로 이 순간 "세상은, 사람은 모두/ 저만의 바다를 펼쳐놓고/ 섬이 되어 떠"다니게 되는 것이다(「섬」). 잔치에 모임 사람들은 안개에 쌓인 섬처럼 자신의 고립을 그토록 크고 처절하게 내보인 것이다. 전차가 터널을 빠져나가자 더 짙은 어둠이 한꺼번에 몰려왔던 것처럼.

*

시인이 지향하는 중용의 도덕적 중심은, 시인에게는 시작詩作의 커다란 획이다. 그러한 마음이 없다면 온갖 두려움과 공포에 사로잡혀 퇴화될 뿐인데, 그는 단호히 그러한 주화입마走火入魔와 결별하며 중용을 지킨다. 그렇기 때문에 하늘 가득 먹구름이 몰려와도 "어색하고 부끄러운 눈을 감"으며, "검고 하얀 선율이 귀를" 열 뿐이고, 그때 "바람의 현을 타는 나무들의 합주/ 고요히 산비탈 두드리는 진눈깨비/ 숲을 흔들어 깨우는 북소리들"과 "자작나무 가지마다 걸린 꿈"(「자작나무의 꿈」)을 듣는 것이다.

뿐만 아니다. 그는 이 같은 '치우침 없는 삶'을 실천하면서 오히려 헐거울수록 더욱 치열할 수 있다는 것도 깨닫는다. 중요한 건 과녁이 아니라는 것인데, 그는 "울타리 밖으로 밀려나는 절망 속에서 다시 배"우면서 "움켜쥐려는 생각을 버려야 무엇이든 줄 수 있다는 것/ 뼈에 새기겠다는 마음 잊어야 온전히 새겨진다는 것"(「느슨하다는 말」) 또한 냉철하게 마음속에 담아낸다. 그런데 무슨 이유일까. 그에게 이 생활-세계가 어떤 의미였기에 스스로의 고립을 자초하는 것일까.

  터널을 달리는 자동차

  모든 입구는 또 다른 출구다

  라이트를 켜세요

  (중략)

  안팎이 없는 욕망의 경고

  모든 출구는 또 다른 입구다

  ―「야누스」부분

  시인은 우선 삶을 입구와 출구가 존재하지 않은 뫼비우스의 '터널'로, 그리고 스스로를 "터널을 달리는 자동차"로 인식한다. "터널을 달리는 자동차// 모든 입구는 또 다른 출구"이며, "안팎이 없는 욕망의 경고"이자 "모든 출구는 또 다른 입구"라는 것이다. 여기서는 죽음조차 내면의 성숙을 향한 실존적 죽음이 아니다. 죽음이란 "이 기괴한 - 무한루프의 세상"(『먼 별을 위한 기도』)이며, '외주화'라는 외부에서 삽입되는 지독한 폭력과 광기다. 요컨대, "실명失明의 폭발처럼/ 난폭하게" 열리는 '빛의 정글'이고(『실종』), "사는 이유가 고작 자기혐오뿐"인 "아무짝에도 쓸모가 없는 자폐의 꽃"(『자기혐오』)이며, 'L 부장의 대기발령 소식'에 그를 투명인간 취급하는 사람들의 낯설고 불안한 눈빛(『투명인간』)이다. 그리하여 "한낮의 폭양 아래 길바닥에서 배를 까뒤집은 채 흉물"(『박회 인간』)스럽게 죽을 수밖에 없었던 '주검'으로의 치욕스러운 전락이다.

이 치욕은 "일상에서 거룩한 짐승의 생애를 되살려내는 끔찍한 은총/ 불온과 불안이 난무하는 오늘도 로또복권 파는 가두판매점 앞을 서성거리는 바람"(『악의』)으로 표상되는 바, 사정이 이러하니, 시인은 자신의 전 생애를 걸고, 중용이라는 도덕적 중심-되기를 끊임없이 실천하는 것이다.

*

이제 우리는 시인이 작시법의 근원으로 삼는 '중용'의 두 번째 문학적 성취를 읽을 차례다. 그것은 치우침이 없는 중심-잡기를 방법으로 하여, '오래도록 한 사람을 생각하는 일'로 확장된다. 바로 사랑이라는 "운명처럼 남겨진 깊고 지독한 파랑"의, "저 맹렬한 비등점의 고요한 색"(『딥블루』)이다.

석탑만 남겨진 감은사지 당나무 앞에 서서
오래도록 한 사람을 생각했습니다

사랑은 무람없이 가고 또 오는 것이어서
제 마음조차 갈피 잡지 못하는 일

감포 바다가 청록의 시를 쓰고
갈매기들 떼 지어 겨울 소나타를 연주할 때

아무도 모르게 먼 바다 수평선 끝까지
한 사람의 이름 띄워 보냅니다

—「감포에서」전문

감포의 겨울이다. 절터는 없어진 지 오래고 석탑만 광활한 내륙에 우뚝 선 채 사람들을 마주하고 있다. 감포의 겨울은 더없이 황량하여 허공으로 뚫린 바람구멍조차 쓸쓸한 휘파람을 불 뿐이다. 이 소리들은 어쩌면 세상의 모든 '곁'으로 다가가 제 속의 울음들을 끝없이 펼칠 것이다. 시인은 바람의 이파리들을 밟으며 "석탑만 남겨진 감은사지 당나무 앞"까지 간다. 을씨년스럽게 자란 나뭇가지들은 무심하게도 흑백의 하늘을 이고 있는데, 순간 시인은 "오래도록 한 사람을 생각"하기 시작한다.

아주 오래도록 시인은 '한 사람'을 생각한다. 해무가 겹겹이 쌓인 듯 희뿌연 하늘은 멀고 어둡기만 한데, 왜 한번 찾아온 그 사람은 시인의 곁을 떠나지 않는 것일까. "사랑은 무람없이 가고 또 오는 것이어서/ 제 마음조차 갈피 잡지 못하는" 것이기 때문일까. 아니면, "젖은 공기 창문 기웃거리며/ 키 작은 방 자꾸 흔들고/ 지쳐 잠든 선풍기 아래/ 젊은 시인의 찬란"(칠월의 노래」)이 고요하기 때문일까.

그러나 마음은 기울어지지 않는다. 비록 갈피를 잡지 못하는 '마음'이라지만, 그것은 애초에 닿을 수 없는 것이어서 그의 하염없는 외로움조차 몸에 깃들고 정박될 수 없다는 의미로 읽힐 수 있다. "그리운 것들은 서로 닮아가다가 마침내 하나의 소리로 흔들"(「덜컹 덜커덩」)린다는 것. 때문에 그가 오래도록 한 사람을 생각하는 일이란 "감포 바다가 청록의 시를 쓰고/ 갈매기들 떼 지어 겨울 소나타를 연주"하는 일이며, 동시에 "아무도 모르게 먼 바다 수평선 끝까지/ 한 사람의 이름 띄워 보"내는 일과 같아 "당신보다 더 아름답게 시들어가는 꽃을 본 적 없다"(「검은 방」)는 순백의 고백으로 이어진다.

그러므로 한 사람을 오래도록 생각하는 일이란 우리에게는 "온다는 약속 없이도/ 한결같은 빛으로 찾아와/ 투명한 온기 가득한 손짓/ 그늘 환히 밀어내면/ 뛰는 가슴 구석구석 깊은 곳까지/ 불타오르고 마침내/ 두 눈 감아도/ 눈이 부셔 견딜 수 없는"(「내 사랑은 모나크나비 같아서」) '사랑'이다. 그것은 "파장으로 어두워진 시장 침침한 불빛 속으로 맑은 눈물 같은 시 한 편이 손을 흔들며 휘청휘청 걸어들어가고 어느새 우리 마음에는 등불 하나, 환하고 따뜻하게 빛나고 있"(「우연한 밤의 동화」)음을 이끌어내며 동시에 "친구여, 나는 그대 가슴에 돋는/ 풀빛 시어들 자라는 소리에/ 귀를 기울이다가, 기울이다가/ 지상에 내린 봄비, 다시 풀잎처럼/ 하늘 향해 자라는 노래를 보네/ 봄은 어느새 내 가슴속에 있"(「청명에 자라는 봄비」)음을 확인하게 해준다.

사랑이란, 100억 년 전으로부터 현재를 거쳐 미래로,
미래로 팽창하는 시간입니다
사랑이란, 1,000억 개의 은하를 포함하는 100억 광년의
거리를 가진 공간입니다
사랑이란, 무한시공을 떠도는 먼지보다 작고 창백하고
푸른 점 하나입니다
사랑이란, 작고 창백하고 푸른 점 위에서 살아 숨쉬는
76억의 영혼입니다
사랑이란, 76억의 영혼 중에서 단 한번 맞부딪친 천둥,
벼락의 눈빛입니다

사랑이란, 먼지보다 작은 존재들이
우주의 모든 관심 밀어내고
오직 둘만의 탐닉耽溺으로 완성하는,
하잘것없는 그러나
가장 위대한 종교입니다

사랑, 그대라는 나의 기적奇跡
―「피아노의 시」 전문

"오래도록 한 사람을 생각했"(「감포에서」)을 때 시인이 느꼈던 감정의 실체는 바로 '사랑'이다. 비록 사랑이 "1972년 겨울 영등포구 신길동 337번지 늦은 밤 골목길 외등,/ 불의 꽃으로 활짝 피어 허공을 낚던 발광發光의 슬픈 거미줄"(「추억의 스틸 컷」)처럼 아득하고 쓸쓸하지만, 그래도 '사랑'은 "여전히 희부옇지만 보이지도 않는 거기, 삶의 맹렬한 의지 소용돌이치고 있음"(「자화상」)을 믿으며 다시는 귀를 자르지 않겠다고 결심하는 의지다. 또한 "이렇게 풍부한 표정의 오케스트라는 어디에도 없었어/ 나는 그냥 열에 들떠 침묵의 소리 끝까지 날아올랐지// 오, 하느님!"(「구름이라는 이름은 누가 지었을까」)이라며 구름과 같이 풍부한 표정을 짓는 '오케스트라'와 같다

위 시에서 시인은 사랑을 '미래로 팽창하는 시간'으로 정의한다. 결코 과거지향적인, 소극적 사랑이 아니다. 또한 '100억 광년의 거리를 가진 공간'으로 또한 "무한시공을 떠도는 먼지보다 작고 창백하고 푸른 점 하나"로, 그 위에서 "살아 숨쉬는 76억의 영혼"으로, "단 한번 맞부딪친 천둥, 벼락의 눈빛"으로 은유하고 있다. 이 또한 사랑의 불가해한 속성으로 심리적 유대감을 초월한다.

시인에게 사랑은, 우리가 표현할 수 있는 모든 문장의 생성과 맞먹는다. 모든 문장이 먼지처럼 왜소한 인간의 시간을 우주의 생성과 지속, 미래라는 어마어마한 사태에 대칭하고 있다는 말이다. 그런데 그는 이 사태를 좀 더 깊게 파고든다. "사랑이란, 먼지보다 작은 존재들이/ 우주의 모든

관심 밀어내고/ 오직 둘만의 탐닉耽溺으로 완성하는,/ 하잘 것없는 그러나/ 가장 위대한 종교"라는 것. 오직 두 사람이 맹렬하게 만들어내는 기적奇跡이라는 것.

하지만 우리가 살펴야 할 문제는 또 있다. 시인은 사랑을 곧바로 차이를 긍정하는 행위로 재규정한다는 점이다. 이를 테면, "글쎄, 매인 줄의 위치가 다르고 줄의 굵기도 다르니까 외부 변화의 반응도 달라야 하는 거 아닌가? 한 지붕 아래에서 함께 숨 쉬고 같은 밥 먹고 사는 한 핏줄 식구도 다 제각각 다르잖아. 조율의 방향과 거리가 모두 같아야 한다고 생각하는 게 오히려 이상한 거 아닐까"(「기타고양이」)라는 문장과도 같은, 또한 "세상 만물에는 그들만의 심장이 있고 그 박동소리 만져보고 옮길 뿐/ 세계가 기억하는 화가도 살아생전 꼭 한 점의 그림을 팔았다던데/ 그가 가장 높은 음의 노랑을 끌어내기 위해 압생트를 마신 것처럼 오늘은,/ 하늘과 구름과 빛과 바람의 숨결을 빚어 가장 낮은 음의 파랑을 쓰겠다"(「자화상 2」)는 '차이'의 절대적 긍정 말이다.

*

이제 손종수 시인은 자신의 일생을 통해 '시'라는 실존적 전회를 한 발 더 밀고 나간다. 이때의 풍경은 삶의 위악僞惡을 견뎌낸 자의 표정을 짓는 것이자 솔직하게 자신의 진실을 말하는 파레시아parrhesia의 내륙이다. 그는 소란스러움보다는 '침묵'을, 광기어린 속도보다는 천천히 다가서서 곁

141

을 지키는 '느림'을, 쓸쓸한 울음보다는 바람의 깃발처럼 부
드럽게 나부끼는 '작은 웃음'을 더 정겹게 바라보는 것이다.

옥상에서 문득, 내려다본 골목길

바삐 걷던 할아버지 걸음 멈추시고
뒤돌아본다 이런, 너무 빨랐나?

저만치서 종종걸음 숨 가쁘던 할머니,
곁으로 다가올 때까지 기다렸다

손잡고 나란히 느릿느릿 걷는다

지켜보던 눈도 입술도 저절로
느릿느릿 보드라운 곡선 그린다

　　　　　　　　　　　　　　　　　　—「느릿느릿」전문

　시인은 옥상으로 올라간다. 밖으로 난 녹슨 철제 계단을
한 발 한 발 딛는데, 발밑에서 삐걱대는 소리가 선명하다.
머리 위의 흰 구름은 그 끝과 시작을 알 수 없을 만큼 멀고
높다. 간간히 따뜻한 볕이 내려오고, 그때마다 대문가의 대
추나무는 무성한 초록으로 빛난다. 능선을 타고 빠르게 바
람이 밀려오고, 시인의 온몸을 감싸고 다시 능선 너머로 사
라진다.

다시, 옥상에 한 남자가 서 있다. 그는 허리를 꼿꼿이 세우고 자신의 앞으로 자욱하게 펼쳐진 풍경을 바라본다. 문득 골목길을 내려다보는데, 한 할아버지가 바쁜 걸음을 멈추고 뒤를 돌아보고 있다. 할아버지는 한참을 저만치서 종종걸음으로 걸어오는 할머니가 곁으로 올 때까지 기다리는 것이다. 이윽고 할머니가 다가오자 "손잡고 나란히 느릿느릿 걷"기 시작한다. '위로'란 "그가 무슨 말을 하든지 곁에서 그냥 가만히 귀 기울여주는 일"(「위로」)인데, 노년 부부는 어떤 말 하나 없이 그저 기다리고 지켜보는 것만으로 서로에게 든든한 위로가 되는 것이다. "혼자서는 견딜 수 없는 거라고/ 서로 기대어 살 수밖에 없는 거라고"(「사람 인人」) 웅변하는 저 풍경의 소슬함이 눈물겨운데, "지켜보던 눈도 입술도 저절로/ 느릿느릿 보드라운 곡선 그"리는 골목길도 갑자기 환해진다.

"가만히 아이들의 두 눈을 바라보면// 간밤에 빛나던 수많은 별들 도대체// 한낮이면 어디로 숨는지 알게 되"(「숨바꼭질」)는 깨달음이란 직관과 이성의 정확한 중간에 위치한다. 타자에 대해, 그리고 주체가 상관하는 모든 대상에 대해 그는 치우침 없이 일정한 거리를 유지한다. 그는 '중용'이라는 중심 좌표에서 말하고 듣고, 보고 촉지하며 판단하는데, 감각과 사유가 산출되는 모든 육체의 회로는 시 언어를 통해 생생하고 구체적인 실존으로, 삶이라는 연속적인 리듬과 생생한 회화적인 구조로 다시 만들어진다. 이로써 그는 우리가 잃어버렸던 '언어'의 심연을 다시 끌어올린다.

인간의 실존이란 바로 언어에 의해 발현되는 존재의 강렬한 나타남이자 집요한 매혹이지 않는가. 마치, "언제였는지, 생의 기로에 걸터앉아 오른쪽 다리를 왼쪽 허벅다리 위에 수평으로 얹고 오른손을 받쳐 뺨에 댄 채 생각에 잠긴 여자를 보았고 그 순간 미망迷妄에서 깨어"(「엄마 반가사유상半跏思惟像」)난 시인의 놀랍고도 투명할 뿐인 '어제'처럼.

현대시세계 시인선 101
엄마 반가사유상

지은이_ 손종수
펴낸이_ 조현석
기 획_ 백인덕, 고영, 박후기
펴낸곳_ 북인
디자인_ 푸른영토

1판 1쇄_ 2019년 09월 09일
출판등록번호_ 313 - 2004 - 000111
주소_ 121 - 842 서울 마포구 서교동 467 - 4, 301호
전화_ 02 - 323 - 7767
팩스_ 02 - 323 - 7845

ISBN 979-11-87413-55-4   03810
ⓒ 손종수, 2019